W0222776

Gustavo Martín Garzo

El valle de las gigantas

Gustavo
Martín Garzo

El valle de las gigantas

Ediciones Destino
Colección
Áncora y Delfín
Volumen 906

No se permite la reproducción total o parcial de este libro, ni su incorporación a un sistema informático, ni su transmisión en cualquier forma o por cualquier medio, sea éste electrónico, mecánico, por fotocopia, por grabación u otros métodos, sin el permiso previo y por escrito de los titulares del *copyright*.

© Gustavo Martín Garzo, 2000
© Ediciones Destino, S. A., 2000
Provença, 260. 08008 Barcelona
www.edestino.es
Primera edición: septiembre 2000
ISBN: 84-233-3254-3
Depósito Legal: B. 37.229-2000
Impreso por Romanyà Valls, S. A.
Verdaguer, 1. Capellades (Barcelona)
Impreso en España-Printed in Spain

A Manuel y a su perra Tana

Todo esto, si verdaderamente ha sucedido,
es una extraña historia.

WILLIAM SHAKESPEARE, La tempestad

1

Su abuelo no acudió a buscarle y Lázaro tuvo que cargar la pesada maleta por las calles del pueblo hasta llegar a su casa. Llamó repetidas veces, pero nadie le contestó. No se explicaba lo que podía pasar. Habían hablado por teléfono la noche anterior y estaba claro que llegaría en aquel autobús. Terminó sentado en el descansillo, frente a la puerta. Una chica de unos catorce o quince años se asomó al hueco de las escaleras desde el piso de arriba deteniendo el curso de sus cavilaciones.

—¿Qué haces? —le preguntó mientras se recogía el pelo a la altura de la nuca con una goma. Asomaba tanto el cuerpo por encima de la barandilla que parecía que se iba a tirar.

Era algo mayor que él y tenía una expresión inteligente y vivaz, como si a la sangre humana le hubieran añadido en ese caso unas gotas de sangre de ardilla.

—Estoy esperando a mi abuelo —le contestó con los ojos fijos en la cola que se había formado con su pelo.

—Ah, ¿tú eres Lázaro?

Mientras bajaba las escaleras le dijo que su abuelo le hablaba a menudo de él y que le había visto salir hacia el autobús a primeras horas de la tarde.

Lázaro visitaba todos los años el pueblo pero no se acordaba de aquella chica, que debía de ser nueva en la casa.

—Déjame que piense —le dijo ella, poniendo una expresión interesante. Había terminado de bajar las escaleras y le miraba como si estar allí observándole fuera algo bueno, cálido, algo parecido a una caricia.

—Puede que esté en el Círculo de Recreo.

Y, al tiempo que le tendía la mano, añadió con una sonrisa:

—Me llamo Alba.

Subieron la maleta a su casa y partieron hacia el río. El cielo estaba despejado y los vencejos lo sobrevolaban en busca de su ración de alimento, pequeños insectos que atrapaban volando. Sus cuerpecitos negros destacaban sobre el azul del cielo como leves pellas de ceniza.

—Mira —le dijo Alba—, en esa torre tuvieron encerrada a Juana la Loca.

La Torre destacaba sombría y amenazante sobre los tejados de las casas, y Lázaro trató de imaginarse lo que habría tenido que ser estar allí tantos años, dando vueltas a aquellos pensamientos que no la dejaban vivir. Su abuelo dudaba de la locura de la reina y atribuía el encierro a razones políticas.

—Se la querían quitar de en medio, es así de sencillo.

Y extendiendo sus grandes manos, que agitaba como alas de lechuza, continuaba.

—Loca, loca... ¿Y qué mujer o qué hombre no lo ha estado alguna vez?

Lázaro pensaba en su madre, en aquellas tardes en que se encerraba en su cuarto y no quería comer ni salir. En sus lloros en la noche que recordaban los gemidos de los animales cuando caen en los cepos de los cazadores. Y le parecía que su madre era como ellos, un zorro, un pequeño jabalí, una cierva que había caído en una trampa y que ahora tenía una de sus patas rota.

—No —le había dicho su abuelo una vez en que hablaron de esto—, tu madre no está loca, es especial. Es una cualidad de todas las mujeres de la familia. Bueno —rectificó—, todas las mujeres son especiales.

Un niño corría por el jardín y una mujer joven lo hacía detrás, tratando de evitar que se fuera a la carretera.

—¿No ves? Si no fueran especiales ¿cómo traerían niños al mundo?

Lázaro miró a Alba de reojo, preguntándose si también ella lo era, aunque hasta el momento no hubiera dado muestras de tener ninguna rareza.

—¿Sabes una cosa? —le dijo Alba. Habían dejado la torre a sus espaldas y se dirigían hacia el río—. Tu abuelo se pasa el día hablando de ti. Dice que no te gustan las mentiras.

Lázaro bajó avergonzado la vista. Alba llevaba un cuaderno de pastas rojas bajo el brazo y se dio cuenta de que Lázaro lo miraba con curiosidad.

—No es nada raro —le dijo mientras lo abría y se ponía a pasar distraída las hojas—. Anoto frases. Tú dices una frase que me gusta y yo la apunto en mi cuaderno. Tengo más de quinientas, algunas son definitivas. Fíjate en ésta... «*Antes de llegar a la mayoría de edad tengo que matar a un hombre. Llevo toda mi infancia planeándolo*».

Alba le miró de reojo para ver la cara que ponía.

—Es de Silvia, una amiga mía. Está un poco chiflada y cuando la conozcas te va a encantar.

Estaban bajo una parra y el sol formaba pequeñas islas de claridad sobre las paredes y el suelo.

—Por aquí tengo otras —dijo Alba.

Se puso a pasar las hojas del cuaderno.

—«*Ayer era un día maravilloso y hoy es un día de mierda*». «*He estado reflexionando arduamente hasta llegar a la conclusión de que el intelectualismo moral de Sócrates es una pollada*».

Estuvo un buen rato buscando, y luego alzó los ojos de repente y se quedó mirando a Lázaro con expresión agradecida, casi humilde, dejando que los copos de luz le cayeran sobre la cabeza y el pecho.

—Ah, mira esta otra... —continuó regresando perezosa al cuaderno—. «*Tías buenas, que Dios os bendiga*». Nos la dijeron unos chicos que se pusieron a seguirnos por la calle. Eran muy guapos, pero un poco subnormales, como suelen ser los chicos de aquí.

Llegaron al Círculo de Recreo, pero tampoco allí habían visto al abuelo.

—*Missing* —dijo Alba con un gesto de resignación.

Le explicó que era el nombre que daban los militares argentinos y chilenos a los revolucionarios que se quitaban de en medio. Los familiares ni siquiera llegaban a saber dónde les habían enterrado.

—¿Sabes lo que hacían con las mujeres embarazadas? —continuó—. Las encerraban hasta que parían y, después de matarlas, se quedaban con los bebés, que repartían entre sus conocidos como si fueran los corderos de un Belén. Y lo bueno es que se trataba de familias normales, de esas en que el padre va por las mañanas a la oficina mientras la señora se queda en casa haciendo la comida y pensando en trapos, y que los domingos acuden a misa de doce arreglados como cromos. Cuando pienso en ello me dan ganas de vomitar.

Alba se volvió y le miró con expresión burlona.

—A lo mejor a ti también te han robado.

Lázaro se puso rojo.

—Oye, que es una broma. Ya sé que eres un chico formal. No tienes que hacerme caso.

Al doblar una esquina Alba le cogió del brazo y le hizo esconderse en un portal.

—Corre, corre... —murmuró clavándole un poco las uñas.

Permanecieron sin moverse en la penumbra. Alba seguía agarrándole por la camisa y Lázaro estaba en una posición extraña, con las manos apresadas entre los dos cuerpos. Sentía los latidos del corazón de Alba, su respiración sofocada. Trató de moverlas, y sin darse cuenta le tocó uno de los pechos.

—Eh, eh —le susurró Alba con una sonrisa—, que eso está prohibido.

Las mejillas de Alba brillaban como la piel de las manzanas cuando las frotas con un paño. Se asomaron con cuidado a la puerta y Alba le señaló un hombre que se alejaba calle arriba.

—Es mi profesor de literatura. Un facha de mierda. No le mato porque no quiero terminar en la cárcel.

Dijo esto extendiendo su mano, en la que fingía tener una pistola. Hizo como que disparaba: «Bang, bang...». Se habían escondido porque Alba suspendía aquella asignatura y su profesor tenía la costumbre de ridiculizarla cuando se la encontraba por las calles del pueblo.

—Te lo juro, cualquier día lo mando para el otro barrio.

Se quedó mirando a Lázaro de reojo y volvió a parecerle que los chicos eran como los corderos y que bastaba con darles un poco de azúcar en la mano para que te siguieran a todos los sitios.

—Anda, ven —le dijo.

La calle descendía abruptamente. Ella le tomó de la mano y le obligó a correr cuesta abajo. Alcanzaron tanta velocidad que parecía que al doblar la esquina iban a levantar el vuelo.

Llegaron a la plaza. Según Alba, el otro sitio donde podía estar el abuelo de Lázaro era en El Socialista, una taberna que había en la plaza Mayor. Pero tampoco estaba allí. Preguntaron al señor Luciano, que les dijo que no le había visto en todo el día. El señor Luciano era de la quinta del abuelo y se pasaba las horas muertas en aquella taberna. Vendía cacahuetes y la gente tenía la costumbre de acompañar el vino con ellos. La taberna se llamaba así porque su dueño, el señor Ramón, pertenecía a la UGT casi desde los tiempos de su fundación. Al terminar la guerra se salvó de milagro. Pesaba sobre él una condena de muerte y tuvo que pasar cerca de diez años en la cárcel. Cuando salió no era el mismo, a causa de todo lo que había visto en la cárcel, pero en aquel bar nadie se quedaba sin un trago de vino aunque no tuviera con qué pagarlo.

El señor Ramón, el señor Luciano y Héctor, el abuelo de Lázaro, habían combatido juntos en la guerra y éste era su tema preferido de conversación. Tordesillas cayó en zona nacional y ellos, con otros del pueblo, se escaparon por la orilla del Duero hasta llegar a Guadarrama, donde se sumaron al ejército republicano. Aquél había sido uno de los frentes peores, y sólo unos pocos lograron sobrevivir.

El señor Luciano permanecía sentado en un rincón del bar, y en la mesa, sobre un papel extendido, estaban los cacahuetes. El sistema de medida era el puñado, coger todos los que cabían en la mano. Les invitó a sentarse con él y les señaló los cacahuetes.

—Ah, ya veo, ya veo... tú eres el nieto de Héctor —murmuró con ojos somnolientos.

El señor Luciano apenas hablaba. Héctor, el abuelo de Lázaro, iba todas las tardes al Socialista y solía sentarse a su lado. La mayoría de las veces ninguno de los dos abría la boca. No necesitaban hacerlo, porque se comunicaban con un lenguaje secreto que sólo ellos conocían. Un lenguaje que consistía en mirar las cosas que les rodeaban y en alertarse sobre la presencia repentina de ciertos recuerdos. Su abuelo le decía que no es que los viejos estuvieran cansados de vivir y que por eso se refugiaran en el pasado, sino que a partir de cierta edad era el pasado el que venía a buscarles.

El señor Luciano vivía en las afueras del pueblo. Era el que más sabía de pájaros en la zona. Los distinguía incluso a grandes distancias, pues seguía conservando una vista portentosa. También era capaz de reproducir sus cantos. Se dedicaba a capturarlos. Lo hacía sirviéndose de redes, liga y pequeños cepos. Con lo que sacaba de su venta y de la venta de los cacahuetes tenía suficiente para vivir. Tampoco necesitaba mucho más, pues apenas tenía gastos. De hecho, se decía que su único alimento eran los pájaros y los cacahuetes.

El señor Ramón, que los vio sentados a la mesa, se acercó para ver lo que querían. Ellos pidieron dos butanos, que eran unas gaseosas de color naranja. Las gaseosas las hacían en el mismo pueblo, en una pequeña fábrica, y las distribuía por los bares un chico un poco subnormal que se llamaba Toñín. Las transportaba en un carrito y por efecto de las irregularidades del empedrado las botellas chocaban unas con otras produciendo un tintineo inconfundible. Alguien le había dicho a Toñín que era porque les ponían demasiado gas y él no debía de estar muy convencido de que no fuera por esto. De vez en cuando se paraba y se las quedaba mirando como esperando verlas moverse por efecto de su propia fuerza contenida.

—Así que tú eres Lazarín —dijo el señor Ramón tendiéndole la mano—. Has crecido mucho desde la última vez.

Lázaro se la estrechó azorado, mientras veía de reojo cómo Alba sonreía con malicia.

—Sí, no se puede dudar —continuó—, tienes los mismos ojos que tu madre. Y que conste que es el halago más grande que puedo hacerte, pues no ha habido en el pueblo una mujer más guapa.

Y después de una pausa, añadió pensativo:

—Miento, sí la hubo, tu abuela.

Fue a por las gaseosas y se sentó con ellos. Se veía que durante ese tiempo no había dejado de pensar en lo que acababa de decir.

—Todavía recuerdo —continuó— cuando tu abuelo se presentó con ella en el pueblo. Aún me pregunto cómo diablos pudo convencerla de venir con él, de hacerlo al último rincón de la tierra, donde jamás podría asistir a grandes bailes ni a los estrenos de las óperas y quedaría condenada a un destino de mediocridad y aislamiento.

Alba le dio con el codo a Lázaro. Aquello se estaba empezando a poner interesante.

—¿Cómo era? —le preguntó con un tono de voz seductor.

Se había mojado con la punta de la lengua los labios, que ahora brillaban, por la saliva, como si alguien acabara de besárselos. Al señor Ramón no le pasó desapercibido este gesto y tuvo que respirar hondamente antes de poder seguir. «Jodidas —pensó—, vienen a este mundo sabiendo latín.»

—La mujer más hermosa que se ha visto por aquí —continuó—. Esbelta, muy blanca, con el pelo cayéndole sobre la espalda como una zarza, una zarza que tuviera la ligereza y la locura de las plumas. Y aquella mirada de hondo desvalimiento. Nadie la había visto antes, ni provenía de ninguno de los pueblos de los alrededores. Tu abuelo solía contar que la había conocido en Madrid viendo una obra de teatro, pues tu abuela era actriz. Deslumbrado por su belleza, se armó de valor al terminar la función y fue a su camerino. Y allí mismo se enamoraron. Nada más verse, como suelen suceder estas cosas, como si todo lo que hubieran vivido antes no hubiera servido sino para preparar un momento como aquél. Un momento que tal vez no podría durar, pero en el que se prometieron amor eterno, que es la promesa que siempre se hacen los que se enamoran. Aunque lo más seguro es que el resultado sea un auténtico desastre.

El señor Ramón se les quedó mirando como dudando si debía continuar o no. Aunque enseguida se decidió a hacerlo. ¿Qué se lo impedía? Al fin y al cabo era una historia más, una de las muchas que les suceden a los hombres y que éstos necesitan para sentirse vivos y percibir la belleza del mundo. Un bosque lleno de secretos, eso era la belleza para el hombre.

—Vinieron los dos juntos en el coche de línea. Tu abuela iba vestida con ropa que él mismo le había prestado. Era raro aquello, sobre todo en una mujer que había actuado en los mejores teatros y que había sido admirada por los grandes de este mundo. Pero ella no sólo eligió por esposo a un hombre como tu abuelo, que no tenía nada, que vivía en el rincón más olvidado de la tierra, sino que se vino con él sin equipaje, sólo vestida con la ropa que él mismo le prestó para que pudiera cubrirse.

Alba y Lázaro le escuchaban sin pestañear, mientras el señor Luciano les miraba con un gesto de contenida alarma, como si tales hechos les concernieran a todos de una forma decisiva y pensara que el señor Ramón no debía hablar de ellos con tanta ligereza.

—Era blanca como las páginas de los libros —continuó—. Y sufrió mucho en este pueblo, que entonces no se parecía mucho al que tenemos hoy. No era, además, una mujer en absoluto convencional y su conducta, como la de todas las actrices, contrastaba con la de las otras mujeres Tenía aquella extraña afición, la de subirse a los árboles. Ibas por la calle y la podías ver encaramada al primer árbol que te encontrabas, como si aún fuera una cría y siguiera necesitando jugar. También la manía de comer a todas horas macarrones. Tu abuelo le preparaba fuentes enteras que ella se comía sin levantar los ojos del mantel, con una voracidad inexplicable, como si temiera que si descansaba un momento se los pudieras arrebatar. No, no eligió un buen un sitio para quedarse, y tu abuelo no debió traerla. Aún estábamos envenenados por lo que había sucedido en la guerra.

El señor Ramón se había liado un pitillo y se detuvo para encenderlo. El humo se extendió a su alrededor ocultando por unos instantes su rostro cansado.

—Y el veneno aún está aquí —continuó señalándose con el dedo las venas del brazo—, en nuestra sangre. Supongo que tendrán que pasar muchos años y que tendremos que desaparecer todos nosotros para que se extinga para siempre.

El señor Ramón se quedó un rato en silencio.

—Sí, que no quedemos ni uno solo, nadie que tenga recuerdos, que viera aquello con sus propios ojos.

El señor Ramón había adquirido una súbita gravedad, que enseguida desmintió con una carcajada.

—Pero bueno —exclamó—, nos estamos poniendo muy serios. Y no todo fueron sufrimientos. También disfrutamos de lo lindo. ¿Verdad?, Luciano...

Los ojillos del señor Luciano se habían encendido como dos candelas y sonrió enseñando sus dos únicos dientes, los dientes con que se comía a los pájaros.

—¿Te acuerdas de lo del cordero?

Luciano le miró alarmado, pero luego empezó a reírse. Se rieron hasta ponerse rojos.

—Ja, ja, es la cosa más increíble que nos ha pasado nunca.

Alba y Lázaro les miraban llenos de curiosidad, esperando que empezaran a contar.

Pero acababan de entrar en el bar una pareja de guardias civiles y el señor Ramón fue al mostrador para atenderles.

Llamó a Luciano desde allí.

—Preguntan por mi primo. ¿Sabes dónde está?

Luciano movió la cabeza negando, sin levantar los ojos de la mesa. No le gustaban los guardias civiles. Le habían puesto varias multas por no respetar las vedas. La última vez le amenazaron con quitarle las redes.

El señor Luciano vivía a la orilla del río, en una casa que él mismo se había hecho. Una casa que tenía lo imprescindible, pero que no habría cambiado por ninguna otra, a pesar del frío que pasaba en invierno. Era un espectáculo verle con sus redes. Las tendía a la puerta de su casa y las reparaba minuciosamente. Podía pasarse horas, tardes enteras, haciéndolo. Y como el río estaba allí mismo, la gente que no le conocía pensaba que eran para los peces, y ciertamente aquel lugar tenía una apariencia de pequeña dársena, de casa de pescador ensimismado con la mirada puesta en el horizonte. Sólo le faltaba la barca y, en opinión de Alba, la pata de palo y la cachimba. Pero las redes eran para los pájaros. Conocía las costumbres de todos los de la zona y salía todos los días a cazar. Era raro que volviera con las manos vacías. En ocasiones capturaba pájaros misteriosos, inexplicables, cuya presencia no se entendía en aquel clima ni en aquel lugar. Pájaros que llegaban confundidos, arrastrados por el viento o por indescifrables llamadas, y que el señor Luciano encontraba presos en sus redes, con sus corazones latiendo apresuradamente por el terror. Y cuando hablaba de ellos lo hacía con el mismo gesto de sorpresa y de maravillada reserva con que lo habría hecho al hablar de palabras extrañas, palabras de idiomas desconocidos que hubiera sorprendido en el discurrir de las más comunes. Era el proveedor de todos los bares de la zona y en gran parte vivía de esas ventas. El señor Héctor, el abuelo de Lázaro, le provocaba haciéndole a menudo ese reproche. «No entiendo, si amas tanto a los pájaros, cómo les das ese trato tan infame.» Decía esto cuando veían las fuentes de pajaritos fritos sobre el mostrador de los bares del pueblo. El señor Luciano se encogía de hombros, pues tampoco para esto tenía explicación. O si la tenía, se la callaba. Tal vez porque hablar no era tan distinto a tender las redes con que cobraba sus piezas y no quería seguir enseñoreándose del mundo.

Los guardias se fueron y el señor Ramón regresó a la mesa con ellos. El señor Luciano les animaba cada poco a coger cacahuetes, y a esas alturas Alba y Lázaro ya se habían comido varios puñados.

—Tened cuidado —les dijo el señor Ramón—, los cacahuetes son muy indigestos.

El señor Luciano le miraba con ojos expectantes, se moría de ganas de saber a qué habían venido los guardias.

—Están investigando lo de Pesqueruela —les dijo el señor Ramón adivinando sus pensamientos.

Pesqueruela estaba a unos kilómetros de Tordesillas. El Pisuerga desembocaba allí en el río Duero formando un delta lleno de luz y rumorosas enramadas. Habían empezado a llegar decenas de vacas. Vacas de procedencia desconocida que aparecían en pequeños grupos, hasta reunirse en los alrededores del pueblo en un número no inferior a sesenta. Poco después vino el pastor, un portugués de expresión alucinada al que apenas consiguieron entender. Era él quien conducía a las vacas, pero éstas eran demasiadas y no acertaba a controlarlas. Las vacas se diseminaron por los alrededores y empezaron a comérselo todo. La hierba, pero también las remolachas, el maíz y, principalmente, las coles, que eran su vegetal favorito. Entraban en una tierra sembrada de coles y en un momento se habían comido todas las hojas, dejando sólo las filas de sus tallos desnudos como estelas clavadas en un camposanto. Los del pueblo no daban crédito a lo que pasaba. No tenían forma de entenderse con el portugués, que parecía sumido en la misma incomprensible deriva que las vacas, y éstas, que se movían sin control alguno, después de comerse todo lo que pillaron en los campos de alrededor, empezaron a entrar en el pueblo. El primo del señor Ramón le contó que se había encontrado una de ellas en casa de su madre. Había llegado hasta el dormitorio y lo miraba todo fijamente, con una expresión de extrema inteligencia y tristeza, como si estuviera tratando de recordar cuándo había estado antes en un lugar así.

Lázaro pensó en *Bruma*, la perra de su abuelo. Lo hizo cuando el señor Ramón mencionó que las vacas entraban en las casas y la forma que tenían de mirarlo todo. Antes de entrar en El Socialista le había preguntado a Alba si la había visto.

—Está preciosa —le contestó—. Es la perra más inteligente del mundo.

El señor Ramón había terminado su relato de las vacas erráticas y no parecía muy dispuesto a continuar hablando. Nuevos clientes entraban en el bar y tenía que levantarse a servirles.

—Nos estaba contando lo del cordero —le dijo Alba.

—Vacas, pájaros, corderos, este pueblo parece el Arca de Noé —dijo el señor Ramón echándose a reír, mientras se levantaba de la mesa y se dirigía al mostrador para atender a los que acababan de entrar.

Lázaro pensó con pena en todos los animales del mundo. A veces iba con su madre al mercado y se quedaba mirando aquellos cuerpos troceados hasta volverse irreconocibles, pero entre los que de pronto una pata, un resto de la cabeza, le devolvían la visión del animal que había pastado en el campo o había bajado apacible a beber de las aguas del río. La visión de aquel cuerpo blanqueado por la muerte, y el peso de la culpa por haber tenido que matarlo, de que el hombre tuviera que matar a otros seres vivos para alimentarse. «Deberíamos comer llorando», solía decirle su abuelo, que amaba con ternura a los animales.

Alba le empujó con el codo sacándole de su ensimismamiento. El señor Luciano se había dormido y su cabeza oscilaba sobre su pecho como si estuviera a punto de desprenderse de sus hombros y ponerse a rodar sobre la mesa, encima de los cacahuetes. Alba dio una palmada y se despertó con ojos de susto, mirando a un lado y a otro, tratando de adivinar lo que había pasado.

—Señor Luciano —le dijo Alba muy seria, como si nunca hubiera matado una mosca—, que nosotros nos tenemos que ir.

2

Salieron del bar muertos de risa y, como ya era tarde, decidieron regresar a casa. El abuelo, que se había confundido de hora y había ido a la parada cuando el autobús ya había pasado, llevaba esperando a Lázaro cerca de dos horas y estaba visiblemente preocupado. Nada más ver a Lázaro, *Bruma* pareció enloquecer. Gemía, golpeaba el suelo con su rabo y llegaba a arrastrarse incapaz de resistir sus caricias.

El abuelo invitó a pasar a Alba, pero ésta le dijo que no podía quedarse.

—No, de verdad, que si no tengo bronca en casa.

Estuvo acariciando a *Bruma* y, al incorporarse, se puso a abrocharle el chaleco al abuelo. Éste había empezado por el lugar equivocado y le sobraba en lo alto un ojal.

—Si no fuera por mí —le dijo con una expresión pícara—, iría hecho una facha.

A todas las mujeres les gustaba sentir que eran imprescindibles y que los hombres no serían nada sin su ayuda. Luego, volviéndose a Lázaro, le guiñó un ojo.

—Bueno, yo me voy —le dijo mientras se dirigía al tramo ascendente de las escaleras. Lo hizo con entera consciencia del poder que dimanaba de sus movimientos, como hacen las actrices en los escenarios.

Lázaro no cerró la puerta hasta que la perdió de vista. Al volverse hacia su abuelo, sus ojos brillaban como candelas.

—No te hagas ilusiones —le dijo éste con una sonrisa—, ninguna mujer a esa edad sabe lo que quiere.

Y acercándose hasta él, le estrechó con fuerza entre sus brazos. Lázaro sintió cómo le ardían las mejillas, al tiempo que se disparaban los latidos de su corazón.

—Ya eres tan alto como yo —murmuró el abuelo con un temblor en la voz—. Hace nada eras tan pequeño que te podía meter en el bote de los garbanzos.

Lázaro sonrió. Estaba encantado de estar con su abuelo y con *Bruma*, porque eran, junto a su madre, los seres a los que más quería en el mundo. *Bruma* empezó a gemir, y poniéndose de pie sobre sus patas traseras trataba de lamerle las manos.

—Es una celosa —dijo el abuelo, separándose de Lázaro y dejándo a *Bruma* espacio para sus expansiones.

Al momento se estaban peleando. Lázaro la hacía rabiar, y *Bruma*, que en esas ocasiones se excitaba hasta perder materialmente el juicio, corría entre los muebles, saltaba al sofá, y se encaramaba en él para al momento estar otra vez saltando de un sillón a otro, deteniéndose cada poco para ladrar y enseñarle los dientes, como diciéndole «ten cuidado, que puedo volverme una fiera».

No era verdad. *Bruma* era una perra tranquila, apacible, que todo lo miraba con una expresión de infinita condescendencia, como si supiera de antemano que estaba de más en el mundo de los hombres. Por pura caridad.

—Pobrecita —le dijo Lázaro, mientras le acariciaba el hocico y las largas orejas—, sólo tienes lo que te queremos dar.

También él tenía a veces esa misma sensación, la de que nada era suyo, ni siquiera la ropa que se ponía. Que un guardia podía acercársele en la calle y decirle que se la quitara. Hasta recordó haber pensando muchas veces cosas así cuando era más pequeño. Sobre todo cuando llamaban a la puerta y le parecía que podía ser el juez y que venía a decirles que se fueran de la casa. Lo habían tenido que hacer en dos ocasiones porque su madre no tenía un trabajo fijo y no siempre tenía dinero para pagar el alquiler. «Parecéis Agar e Ismael», les decía su abuelo cuando le comunicaban que se iban a mudar una vez más. Agar e Ismael eran los protagonistas de una historia de la Biblia. Agar era la esclava de Abraham, y éste le había hecho aquel niño para tener descendencia. Pero luego Sara, la mujer de Abraham, tuvo a su propio hijo y, celosa de Agar, convenció a su marido para que les echara. Así lo hizo Abraham y Agar y su niño tuvieron que irse por el desierto apenas con lo que llevaban puesto, porque ellos no eran dueños de nada, ni siquiera de uno de aquellos granitos de arena que estaban pisando. Y era triste y bonita aquella historia. Triste imaginarse que ibas por la calle escondiéndote, a punto de morirte de hambre y de sed; y bonito cuando te encontrabas con el pozo. Eso les había pasado a Agar e Ismael, que se habían dado de bruces con un ángel que les había dicho dónde podían encontrar un pozo para beber; y eso le decía a Lázaro su madre cuando con una sonrisa en los labios le entregaba cualquier cosa, un helado, unas golosinas, unas entradas para el cine, o cuando de pronto se ponía a abrazarle y a darle besos, «me los ha dado un ángel para ti». Lo que significaba que el peligro había pasado, y que a partir de entonces no les faltaría de nada, como si no hubiera desierto, por muy terrible que pareciera, que no ocultara en algún lado un pozo de aguas cristalinas.

—¡Lázaro —gritó su abuelo—, ya está la cena!

Lázaro y *Bruma* corrieron a la cocina, pues ambos estaban muertos de hambre. Había tortilla de patatas y el abuelo se había esmerado en poner la mesa. Los platos de loza blanca destacaban sobre el mantel de cuadros como redondas islas de luz y Lázaro, que estaba muy acalorado por su juego con *Bruma,* pensó que le gustaría agachar la cabeza y apoyarla en ellos para percibir la frescura de la loza.

Empezaron a cenar y el tema de conversación fue su madre. El abuelo no podía entender cómo no había venido con él. Estaba muy inquieto, porque cada vez la veía más delgada y nerviosa, siempre de aquí para allá con la cabeza llena de preocupaciones. Unos días antes habían estado hablando por teléfono. Le había pedido que viniera a pasar unos días al pueblo y ella se había negado. «No puedo, te lo juro —le dijo casi tartamudeando—, tengo un sinfín de cosas que hacer.» Pero en su opinión no había obligaciones, por apremiantes que fueran, que no pudieran demorarse un par de semanas. Sobre todo cuando estaba en juego la propia salud.

A Lázaro se le hizo un nudo en la garganta, porque sabía que su madre no era feliz. Eran como Agar e Ismael, sí, pero aún vagaban por el desierto. Agar se pasaba las noches llorando, porque no sabía qué hacer ni a dónde dirigirse con su pequeño, y a su madre le pasaba lo mismo, y muchas noches, cuando él tardaba en dormirse, la sentía llorar en su cuarto. La última, antes de salir de viaje. Estaba nervioso por la partida y, como no podía conciliar el sueño, decidió levantarse. Vio luz en el cuarto de estar y se dirigió hacia allí, pero se detuvo en la misma puerta, pues su madre estaba llorando. Llevaba la contabilidad de varias empresas, y a menudo, para ganar tiempo, continuaba el trabajo en casa. Lloraba sin dejar de hacer esas cuentas, como si las lágrimas fueran en ella una costumbre tan reiterada que ya ni siquiera la perturbaran en sus ocupaciones. Y recordó lo que días atrás le había dicho. Acababa de ducharse y al verle en albornoz, con el pelo mojado, su madre sintió una oleada de ternura. Le abrazó muy fuerte y se puso a olisquearle por el cuello y el pecho

—Uy, qué bien hueles —le dijo—. Creo que voy a desayunar un poquito de esta carnecita tan fresca.

Y le mordió con tanta fuerza que le hizo gritar.

—Mamá, eres un poco caníbal.

Ella se había recostado sobre su hombro, porque ya eran igual de altos, y fueron abrazados hasta la cocina. Al llegar tenía las mejillas empapadas de lágrimas. Se las estuvo secando con el puño de la camisa.

—No te hagas mayor —le dijo con un rictus de dolor en los labios—, todas las personas mayores son desdichadas.

—¿Sigue subiéndose a las mesas? —le preguntó su abuelo sacándole de aquellas cavilaciones.

Lázaro le dijo que sí con una sonrisa triste.

—Lo hace —continuó su abuelo— desde niña. Cuando estaba agobiada o disgustada por algo, se tenía que subir a algún sitio y quedarse allí unos minutos hasta que se tranquilizaba.

Lázaro se había pasado media infancia encima de las mesas. «Anda —le decía su madre—, vamos a olvidarnos un ratito del mundo.» Y tomándole de la mano, le llevaba encima de una mesa donde permanecían abrazados un tiempo siempre variable, que hasta podían llegar a dormirse. No sólo encima de las mesas y los muebles, sino en cualquier lugar, con tal de estar separados del suelo. «Es mi complejo de sirena», le decía por aquel cuento tan precioso, según ella el más precioso que se había escrito jamás. El de aquella sirena que se había enamorado de un marino y que había renunciado a su propia voz y a su cola de pescado para seguirle. Pero que luego, cuando vivía como las muchachas normales, no podía soportar el dolor de sus pies y el tener que andar por el suelo. Ese dolor que le decía que había vivido en el fondo del mar y que había sido amiga de los delfines y de los calamares gigantes.

¿Sabía él lo que significaban esas conductas?, le preguntó su abuelo. Que de vez en cuando nacían seres extraños, especiales, nerviosos y leves como las ardillas de los pinares. Seres que estaban de más en el mundo, pero sin los que éste no sería posible, porque eran como pararrayos y se hacían cargo de lo que los otros no podían entender ni hacer suyo para devolverlo en su nombre a la tierra. Y su madre era uno de ellos. Apenas tenía tiempo para nada, porque a todos los lados adonde iba tenía que llevar aquel pararrayos incomprensible.

La expresión del abuelo se había ido haciendo más grave a medida que decía aquello, aunque al mirar a Lázaro y ver su cara de susto, cambiara de conversación y empezara a sonreír. Se puso a hablar de fútbol.

—¿Viste el gol de Guardiola? —le preguntó.

Guardiola había recogido el balón en su propia área y después de regatear a dos contrarios lo lanzó con fuerza desde el centro del campo. El balón hizo una parábola perfecta y se coló en la portería contraria ante la desesperación del portero, que por estar demasiado adelantado no pudo hacer nada para evitarlo. Fue como si cayera del cielo.

—Sí —le contestó Lázaro, que había visto el partido por televisión—, fue genial.

De postre tenían natillas. Natillas de caramelo, con galletas María flotando en la superficie como pequeñas islas rezumantes de humedad.

El primer plato fue visto y no visto, y Lázaro enseguida se había servido el segundo. Aún repitió una tercera vez.

Bruma, sentada sobre sus patas traseras, les contemplaba con una concentración suprema.

—Yo creo —dijo el abuelo— que espera algo de nosotros.

Lamió el plato hasta dejarlo como un espejo.

—No necesitamos lavavajillas, ¿verdad? —dijo el abuelo sonriendo.

Llegó la hora de la pipa. Era toda una ceremonia que el abuelo cumplía con rigurosa y emocionada precisión. Cuando hubo llenado la cazoleta, acercó el fuego. El humo salió por primera vez de sus labios como una corporeización de su contento. Un suave olor a miel se extendió a su alrededor.

—Abuelo —le preguntó Lázaro—, ¿es verdad que la abuela vino al pueblo vestida de hombre?

El abuelo se le quedó mirando con una expresión de sorpresa.

—Demonio de niño, ¿quién te ha contado eso?

—El señor Ramón.

—Ramón es un coplero, al único al que se puede hacer caso en este pueblo es a Luciano.

—¡Pero si no dice nada! —le contestó con una sonrisa.

—Por eso mismo.

El abuelo no volvió a hablar hasta que hubo terminado su pipa. El médico le había prohibido fumar y él le hacía caso salvo por las noches, que no podía evitar el fumarse una pipa después de cenar. Llegaba a hacerlo con los ojos cerrados, para concentrarse más en el sabor del tabaco.

—Sí —continuó el abuelo—, Ramón te ha contado la verdad. Tu abuela llegó al pueblo sin nada suyo que ponerse, sólo con la ropa que yo le presté. Pero no fue porque no tuviera nada, que ella en Madrid ganaba mucho dinero y tenía los armarios llenos de vestidos, ya sabes lo que les gusta presumir a las actrices, sino porque quería empezar de nuevo, hacerlo desde cero, desde el comienzo absoluto, como quieren hacer todos los que se enamoran.

El abuelo hizo una pausa en que se puso a juguetear con la pipa.

—Bueno —murmuró algo nervioso—, creo que esta noche haré una excepción. —Y después de vaciar la pipa, rellenó de nuevo su cazoleta y volvió a encenderla, aunque esta vez siguiera hablando mientras fumaba.

—Eso fue lo que hizo, dejar en Madrid cuanto tenía. Para siempre, porque nunca volvería a por ello. Yo llevaba varios días yendo por el teatro y por fin habíamos pasado nuestra primera noche de amor. Esto entonces no era frecuente. Las mujeres no podían decidir por su cuenta, hasta tenían que llevar un traje de baño especial en las playas. Su vida era un largo estado de dependencia, pues pasaban de depender de sus padres, mientras eran solteras, a hacerlo de sus maridos durante el resto de sus vidas. Pero tu abuela siempre fue una mujer libre, valiente, que no podía aceptar que nadie le dijera lo que tenía que hacer. Tal vez porque había nacido en Dinamarca, y en los pueblos nórdicos las mujeres suelen ser más libres. Como Ariel, uno de los protagonistas de *La tempestad*, que entre todas las obras de teatro que existían era la que más le gustaba. Claro que esta forma de ser le causaría grandes problemas en nuestro país. No hay que olvidar que la guerra acababa de perderse. Eran tiempos difíciles, mucho más para una mujer joven, llena de deseos de vivir. Pues bien, estuvimos juntos en aquel hotel y a la mañana siguiente, cuando nos miramos al despertar, supimos que estábamos destinados a vivir juntos. Entonces me pidió que la llevara conmigo. Pero tenía que ser en ese mismo momento, así como estaba, sin tomar siquiera las ropas que había llevado la noche anterior, tiradas ahora por el suelo. «Quiero ser como tú», me dijo llena de amor. Estuvimos eligiendo las prendas que le sentaban mejor. Yo había tenido la ocurrencia de incluir en mi equipaje una gorra, y tu abuela se las arregló para sofocar su cabellera bajo aquella prenda minúscula. De forma que con la gorra, el chaquetón, las botas chirucas y los pantalones de pana, parecía de verdad un muchacho. Así vinimos al pueblo, y como al bajar del autobús todos la tomaron por un hombre, decidimos continuar con la farsa. Aquello duró varios días, que a tu abuela, como a todas las mujeres, les encanta disfrazarse con las ropas de los hombres a los que aman. Hasta íbamos por los bares y estábamos con unos y otros, bebiendo, fanfarroneando, jugando a las cartas, creyéndonos omnipotentes, que es así como se sienten todos los amantes del mundo. Pero terminaron por descubrirnos. A tu abuela le gustaba bañarse en el río y yo vigilaba mientras lo hacía. Pero una tarde sofocante se fue sin esperarme y la vio un pastor. El pastor lo contó a sus conocidos y muy pronto la historia era de dominio público. Entonces iniciaron su trabajo las beatas y los meapilas. No entendían que una mujer se disfrazara de hombre sin que ocultara algo grave, y empezaron a difundir noticias siniestras acerca de tu abuela, que hicieron aún más difícil nuestra vida en el pueblo. Hasta el cura mismo se refirió a los hechos desde el púlpito, acusándonos de ir contra la ley de Dios. ¡Fíjate, sólo porque nos daba por jugar como hacen los niños y en ese juego tu abuela había elegido ponerse mis ropas! Empezaron a meterse con nosotros y, amparados en la oscuridad de la noche, por dos veces nos rompieron los cristales de las ventanas. Una tarde, se presentó en casa la pareja de la guardia civil con la orden de conducirnos al cuartelillo. «¿De qué se nos acusa?», les pregunté. No supieron qué contestarme, y les dije que si el cabo quería algo, que viniera en persona a decírnoslo. Estaba en la puerta a los pocos minutos. Era un buen hombre, con el que coincidía en los bares del pueblo. «Héctor —me dijo—, esto tiene que terminar, me estás revolucionando el pueblo.» «¿Terminar qué...?», le pregunté desafiante. «¿Lo entenderías —me contestó—, si le pidiera a tu amigo que se quitara la ropa?» Entonces vi que tu abuela se levantaba y ante nuestros ojos atónitos empezaba a desabrocharse la camisa. «No hacemos daño a nadie», murmuró con su media lengua, pues en ese tiempo apenas chapurreaba el castellano. Y con maravillosa candidez, al tiempo que le mostraba los pechos, añadió: «¿Crees que si tuviera otras ropas me vestiría con esta camisa de labrador?». Tu abuela tenía los pechos más preciosos que he visto nunca y el cabo se quedó sin habla. De hecho, se limitó a farfullar una disculpa y se fue sin decir ni palabra, llevándose a sus contritos guardias detrás. Entonces pasó una de esas cosas que de vez en cuando iluminan el mundo haciéndonos ver la extraordinaria vida que podríamos llevar si no nos dejáramos llevar por nuestras miserias. Una de esas cosas que nos hacen descubrir que existe algo más en el mundo que la egolatría, la envidia o la vanidad. El cabo era viudo y conservaba aún en su casa la ropa de su joven mujer. Hizo un paquete con ella y esa noche se presentó en nuestra casa y se la entregó a tu abuela. No dijo una sola palabra. Se limitó a entregarle aquella ropa y a saludarla con una leve inclinación de cabeza. Lo mejor es no hablar de nada, eso le habían enseñado; aunque la mirara con una mirada tan poderosa que parecía una caricia. Y a la mañana siguiente tu abuela pudo salir a la calle con aquellas ropas, y causar la admiración y la envidia de todas las mujeres del pueblo, que no podían entender el cambio, ni de dónde había sacado esas ropas que parecían las de una recién casada y que tu abuela exhibía desafiante, como diciéndoles a todas aquellas brujas que nada justificaba ni su ruindad ni su miseria porque cada uno de nosotros es responsable de lo que le ocurre.

Bruma se estaba quedando dormida, y el abuelo le hizo señas a Lázaro para que se fijara. Había apoyado su largo hocico en el suelo, y sus orejas se derramaban a un lado y a otro como un pequeño manto.

—¿Sabes lo que hizo anoche? —le preguntó.

Lázaro negó con la cabeza.

—Salía cada poco a la puerta y se sentaba enfrente a esperar. Creo que sabía que ibas a venir.

Bruma había levantado la cabeza y les miraba como si supiera que estaban hablando de ella. Pero enseguida volvió a recostarse en el suelo.

—Está muerta de cansancio —dijo Lázaro.

—Y seguro que tú también lo estás —le contestó el abuelo—. Los viajes son siempre pesados, y el día ha estado cargado de emociones.

El abuelo tendió su mano y le cogió afectuosamente por el hombro.

—¿Te acuerdas de todas las historias que me hacías contarte antes de irte a la cama? Tu madre se enfadaba conmigo, porque decía que te excitaban y que luego no te podías dormir. Y yo decía, dormir, dormir, para qué coño hay que dormir, ya lo haremos cuando estemos difuntos. Me parecía que había tantas cosas por hacer que dormir era una pérdida de tiempo, un acto de auténtica irresponsabilidad.

Lázaro le miró sonriendo, recordando aquellos días tan dichosos.

—Me contabas la historia de Juana la Loca, la de doña Leonor y los baños de las Clarisas, la historia de Noé y el Diluvio Universal.

Su abuelo le miró conmovido.

—Pero la que más te gustaba era la historia del Valle de las Gigantas.

Lázaro seguía atentamente los movimientos del rostro de su abuelo, tratando de sorprender sus emociones.

—¿Es verdad que estuviste allí?

—¡Claro que es verdad! —exclamó el abuelo—. ¿Cómo iba a inventármelo? Cosas así no se pueden inventar.

Se puso a recoger la mesa y Lázaro hizo ademán de ayudarle, pero el abuelo se negó.

—No, déjalo. Esta noche eres mi invitado. Ah, por cierto, he puesto tus cosas en la habitación.

Lázaro dio un beso a su abuelo y se dirigió a su cuarto. Preparó a *Bruma* su saco de dormir, se acostó y apagó la luz. Estaba muerto de cansancio. Escuchó entre sueños los ruidos de su abuelo en la cocina, terminando de recoger los cacharros, y enseguida los de sus pasos por el pasillo en dirección a su cuarto. Ya casi estaba dormido cuando sintió a *Bruma* . Se había subido a su cama y acababa de acostarse a sus pies, formando un ovillo.

—*Brumita* ... —murmuró lleno de sueño, tendiendo su mano para que se la chupara.

Y mientras se dormía, se estuvo acordando de la historia de Noé y le pareció que también su perra pertenecía a ese tiempo anterior al Diluvio en que, según su abuelo, aún no existía la conciencia de la muerte.

3

—Seguro que tú eres Lázaro —dijo Marieli toda sofocada.

Marieli era una de las amigas de Alba. Lázaro se las había encontrado al salir de casa. *Bruma* corrió en su busca y ellas se pusieron a jalearla. En tales situaciones *Bruma* perdía por completo la razón. Se tiraba al suelo y, con las patas para arriba, se quedaba inmóvil esperando sus caricias. No era extraño que se pusiera así, pues las tres la asaltaban a la vez y era un barullo de manos, susurros y mimos.

Alba le presentó a sus amigas.

—Éstas son Marieli y Amalia.

—Hola —le dijeron, y se acercaron a darle un beso. También lo hicieron a la vez, una en cada mejilla.

Fue como acercar la cara a las puertas de un horno.

—Vienes de Madrid, ¿verdad? —le preguntó Amalia.

Lázaro asintió con un movimiento de cabeza.

—Vaya suerte —dijo Marieli—, vivir en Madrid...

Las tres querían irse del pueblo. Según ellas era un auténtico desastre y la única solución era emigrar cuanto antes.

—Sí —dijo Amalia—, sólo tenemos a Sócrates.

Y las tres se echaron a reír.

—Menudo partido —exclamó Amalia, colocándose el pelo por detrás de las orejas. Tenía una melena negra que se derramaba sobre sus hombros, negra y sedosa como un paño de terciopelo.

—Bueno —dijo Lázaro, que no sabía qué hacer—, yo me voy.

Bruma le siguió moviendo su rabo, aunque al llegar al portal se volvió y se puso a gemir. A *Bruma* no le gustaban las separaciones. Quería que las chicas les hubieran acompañado formando una pequeña manada.

—Adiós, preciosa —gritó Alba desde arriba, y las tres se dedicaron a tirarle besos. No parecía que estuvieran en el suelo, ni en unas escaleras, sino entre ramas y árboles. Saltaban de una a otra como hacían los pájaros en la espesura.

Bruma se puso a ladrar, pero al oír el silbido de Lázaro no dudó en correr tras él. La calle era demasiada tentación.

—¿A que es riquísimo? —dijo Alba—, está para comérselo.

Marieli le dio un empujón.

—Anda, no seas infanticida.

Bajaron las escaleras y salieron riéndose a la calle. Fueron hasta la explanada del monasterio de las Claras y se sentaron en el muro de piedra. Habían pasado antes por el quiosco y comían pipas sin parar. Hacía una tarde muy clara y el aire tenía la transparencia de los cristales recién mojados. Los vencejos sobrevolaban el cielo. Iban de un lado a otro, incansables, devorando insectos que cazaban con aquellos picos aplastados que parecían cucharas. No se cansaban nunca.

—Mira —dijo Amalia—, ahí viene Sócrates.

Sócrates apareció por el fondo. Venía con traje de rayas, cruzado. En el bolsillo superior de la chaqueta asomaban las puntas de un pañuelo. Llevaban al menos dos semanas sin verle.

—Es total —les dijo Marieli al oído.

Sócrates tenía un tic, que consistía en guiñar un ojo al tiempo que un pequeño espasmo lateral tiraba de su labio hacia arriba. Se había peinado con brillantina y venía fumando un pitillo con boquilla. Parecía un auténtico gángster.

Fueron corriendo a su encuentro.

—Sócrates, sálvanos —empezaron a decirle en broma—, arráncanos de este pueblo. Aquí no podemos vivir.

Las tres se habían abalanzado sobre él y, al tiempo que le decían aquello, le palmeaban y tiraban de la chaqueta. Marieli llegó a hincar una rodilla en el suelo.

—Podemos atracar una gasolinera —le dijo Alba.

—Conmigo no contéis —les contestó Sócrates, que se tomaba en serio todo lo que decían.

Sócrates se había metido en todos los líos del mundo. Tenía sólo veinte años, pero ya había pasado tres veces por la cárcel. Tuvo una época loca. Robaba motos, las desarmaba y luego vendía sus piezas. También entró en alguna casa. Tenía esa pasión, la de desarmar. «A mí que me den una llave inglesa», decía como dando a entender que habría sido capaz de desarmar hasta un reactor.

En realidad no se llamaba Sócrates. Era Alba quien le había empezado a llamar así. Decía que era un auténtico filósofo, lo que a él le gustaba sobremanera. Cuando le detuvieron la última vez, al preguntarle por su oficio, respondió: «Reventar coches». Pero no aconsejaba a nadie esa vida. «Hay que saber retirarse de la carretera», solía decir sentencioso con los ojos fijos en las punteras de sus zapatos

Y eso había hecho, al menos en esos últimos tiempos. Evitaba los líos y apenas salía de casa salvo para visitar al señor Luciano. Se sentaba a su lado y se le quedaba mirando mientras arreglaba las redes. Ninguno de los dos decía nada. Al contrario que cuando estaba con ellas, que se las arreglaban para hacerle hablar sin parar.

Esa tarde hablaron de Niña Susana. Niña Susana tenía más o menos la misma edad que ellas. Sus hermanos, los Canales, habían sido amigos de Sócrates hasta que se metieron en el mundo de la droga. Sócrates no aprobaba ese mundo. «Cada uno debe tener su propia ley», decía cuando se la ofrecían. Los Canales andaban con la heroína y eran capaces de lo peor para conseguirla. Sócrates dejó de salir con ellos. Una tarde llegaron a ofrecerle a la hermana. «Llévatela, por mil duros es tuya.» Sócrates la había visto crecer y la quería con locura.

—Estáis locos —acertó a murmurar—. Sólo es una niña.

Estaban presentes los cinco hermanos y enseguida rodearon a Sócrates, que al verles echarse las manos al interior de las ropas, donde solían llevar las navajas, decidió retirarse.

—Esa mierda que os metéis acabará por mataros —les dijo.

Sócrates no tenía familia, había crecido en orfelinatos y ahora vivía con unos tíos lejanos. Aquella casa era un infierno. Su tío bebía y llegaba cada noche borracho. Golpeaba a su mujer y a sus hijos, que huían al verle como los pollos cuando se entra en el gallinero. Una vez Sócrates se enfrentó a él. Esto había sido a la vuelta de la cárcel. Sócrates era otro y no dejaba de repetir que había que retirarse de la carretera. ¿Quién sabe lo que había visto allí? Tenía sólo veinte años, pero era como si fuera un anciano. Hablaba de su vida pasada como si hubiera sucedido en otro tiempo, un tiempo de oscuridad.

Unas horas después de su incidente con los Canales, se encontró con Niña Susana. No parecía la misma. Hablaba como si las palabras no fueran suyas. Niña Susana se había transformado en una mujer. Tenía un pelo negro, rizado, que formaba una mata en su cabeza, y unos ojos negros como tizones. Cuando sonreía enseñaba sus dientes blancos, húmedos de saliva, que recordaban a un puñado de botones en una cuba de agua.

—Cuando quieras voy a verte —le dijo—. No me tienes que pagar. Sé hacerlo muy bien.

Sus pupilas estaban dilatadas y tenía los párpados hinchados, porque acababa de llorar. No parecía muy consciente de lo que decía. Incluso estuvo a punto de caerse y tuvo que apoyarse en su pecho. Tenía las manos temblorosas y húmedas y Sócrates, a través de la tela de su camisa, percibió su tacto frío, que recordaba el de los cuerpos de los lagartos. También a ella le daban algo. El Pelao lo hacía para privarla de voluntad. Era su hermana, y la entregaba a los hombres para sacar dinero, porque la gente que se metía en el infierno de la droga era capaz de traicionar hasta lo más querido.

—Niña Susana —le dijo Sócrates—, déjame.

No sabía qué hacer, le parecía que el corazón le iba a estallar en el pecho. Pensó que si lo hacía iba a mancharlo todo, que las casas cercanas, las columnas, el suelo de piedra quedarían manchados de sangre, una sangre muy roja, llena de arena, que era eso lo que le dolía, la arena que, como los ríos más turbios, arrastraba su sangre desde que había estado en la cárcel.

—No tienes que hacer ascos —le dijo Niña Susana, que a estas alturas de su diálogo tenía toda la piel del rostro llena de sudor—. Lo hago muchas veces. Por ejemplo, con el señor Luciano. Voy a verle todos los meses.

Sócrates se tapó los oídos, porque no quería seguir escuchándola.

—Déjame —repitió.

Llegó a empujarla para apartarla de su lado, pues Niña Susana le sujetaba por la camisa y no le quería soltar. Corrió por las calles hasta las afueras del pueblo, donde vomitó. Se puso a deambular por el río y cuando se quiso dar cuenta estaba junto a la casa del señor Luciano. Buscó la navaja en su bolso. No podía quitarse de la cabeza lo que le había contado Niña Susana, que un viejo pagara a una niña para hacer marranadas con ella. El señor Luciano acababa de regresar del campo y permanecía sentado a la puerta de su casa junto a las redes. Pero sus movimientos eran apacibles y serenos, como si no fuera culpable de nada. No es posible, pensó Sócrates, devolviendo la navaja a su bolso. El señor Luciano era la persona del pueblo a quien respetaba más.

Unos días después volvió a encontrarse con Niña Susana. Estaba paseando junto al río y ella, que le había visto de lejos, corrió decidida a su encuentro. Pasearon juntos un rato. Niña Susana tenía aspecto de enferma, pero su expresión era dulce y confiada, la expresión verdadera de su ser. Bajaron hasta el cauce. El agua se arremolinaba en los pilares del puente formando espirales como bocas veloces que sorbieran las hojas, las ramas pequeñas, los insectos. Que decían a quien las miraba: «Anda, ven; aquí abajo todo es mejor». Y Niña Susana se quedó absorta mirándolas.

—Quiero saber la verdad —le dijo Sócrates.

Niña Susana volvió su mirada hacia él. El color azul de sus ojeras expresaba una profunda desolación. Parecía que se había frotado el rostro con hielo para apaciguar su dolor.

—Dime si el señor Luciano te paga por hacer de puta.

Los chopos, los sauces llorones, los espinos, los rosales silvestres, los juncos y los carrizos... todos estaban quietos, como escuchando lo que Niña Susana tenía que decir.

—Déjame —murmuró.

Estaba muy nerviosa y apartó avergonzada sus ojos. Sócrates se dio cuenta de que no había tomado nada, no al menos esa tarde, que volvía a ser la niña temerosa que conocía, la que una vez, cuando fue a visitar a sus hermanos, vio correr hacia el patio para esconderse en un montón de leña como habría hecho un conejo. Niña Susana se echó a llorar. Hacía cosas, pero no sabía qué. Sus hermanos le daban pastillas y la llevaban a lugares extraños, y luego no recordaba dónde había estado ni con quién. Del señor Luciano, sí. Iba a su casa una vez al mes. Pero él era bueno, no le hacía nada. Era como el rey David.

—¿Como el rey David? —preguntó Alba.

Sócrates asintió con la cabeza, aunque enseguida se encogió de hombros, porque tampoco él sabía lo que Niña Susana le había querido decir. No le dio tiempo a más. Niña Susana se escapó de su lado a todo correr, con el rostro bañado en lágrimas. Sus piernas delgadas destacaban en el barullo de la ropa como las patas de los venados cuando huían a lo hondo del bosque.

Alba, Marieli y Amalia escuchaban a Sócrates absortas, sin siquiera pestañear.

—Es increíble —murmuró Amalia, respirando con esfuerzo, porque sufría a menudo ataques de asma.

—Bueno, chicas —dijo Sócrates visiblemente afectado por aquella confesión—, os tengo que dejar.

Alba permaneció con los ojos fijos en la figura de Sócrates, que se alejaba en dirección al río. Era como si en vez de llevar su corazón en el pecho lo llevara latiendo en sus manos, a la vista de todos, y no supiera a dónde dirigirse ni lo que tenía que hacer para ocultarlo.

Conocían a Niña Susana desde hacía años. Había ido a la escuela con ellas. Era muy alegre, se ponía a bailar en el patio mientras las demás batían las palmas. Muy cerca, junto al monasterio, estaban los baños. Allí se había bañado doña María Padilla con sus doncellas varios siglos atrás. Calentaban el suelo, y el agua vertida se transformaba en vapor. Se tumbaban sobre las piedras ardientes, y cuando estaban muy sofocadas se refrescaban en la pequeña piscina. Doña María era medio mora. Había nacido en Sevilla y estaba acostumbrada a vivir de otra forma. El rey, que la amaba apasionadamente y que había abandonado a su esposa doña Blanca de Borbón a las cuarenta y ocho horas de sus bodas para volar a su encuentro, mandó hacer aquel palacio para que no añorara Sevilla, los baños en el Guadalquivir, el rumor de las fuentes, ni las palabras escritas en la piedra, que a los árabes les gustaba llenar de palabras los arcos, las bóvedas, las paredes de sus palacios, de forma que vivir en ellos era como hacerlo dentro de un libro, un libro donde sólo había escritas cosas hermosas. Y un lugar así mandó construir don Pedro para su amante, que enseguida quiso tener también unos baños, porque desde su infancia se había acostumbrado al vapor y a las piedras calientes. Se pasaba las horas muertas allí metida con sus doncellas y amigas, y todos los que pasaban cerca podían escuchar sus voces y sus risas, y maravillarse de su alegría, porque era como si conociesen cosas, secretos acerca del tiempo y de la vida de los que ellos no tuvieran ni idea.

Habían llegado al río y escuchaban el rumor del agua y de las enramadas. Murmuraban como lo harían los bosques y los ríos en tiempos de la Padilla y de don Pedro I el Cruel, pues todo estaba conectado en el mundo.

—¿Os acordáis de cuando nos bañamos en bolas? —preguntó Alba.

Niña Susana fue la primera en desnudarse y en correr hacia el río. Luego las llamó desde el agua para que la imitaran.

—Está genial —gritó.

Fue muy emocionante porque enseguida perdieron la vergüenza y se fueron detrás. Eso había sido el verano anterior. Niña Susana chapoteaba en el agua como si en vez de brazos y piernas tuviera cola y aletas, y se acordaban de lo felices que habían sido porque ninguna de ellas tenía aún pasado y no tenían nada que temer.

—No es posible —murmuró Alba, despertando de aquellos recuerdos. No podía quitarse de la cabeza lo que Sócrates acababa de contarles, ni que Niña Susana, que hacía sólo unos meses estaba llena de vida y se reía por cualquier cosa, ahora pareciera un espectro.

Lo dijo con los ojos encendidos por la indignación, porque la sola idea de que las manos viejas y sarmentosas del señor Luciano hubieran podido rozar el cuerpo de Niña Susana le daba ganas de vomitar.

—Sócrates es el único caballero de este pueblo —dijo Alba con una sonrisa triste.

—Hoy estaba irresistible —añadió Amalia, recordando su traje de rayas, la chaqueta cruzada y las solapas amplias, divididas, como las hojas de la costilla de Adán.

Fueron a los baños. Había un hueco en la pared por el que se colaban a menudo. Dentro era como una bodega. Pero cuando sus ojos se acomodaban a la oscuridad podían ver la bóveda, la pequeña piscina, las galerías por donde entraba el calor. El recuerdo de doña María Padilla llenaba aquellas galerías, traspasando las paredes, las piedras, como una corriente tranquila. Ellas sentían esa corriente en sus cuerpos y era como si conocieran los secretos de todas las mujeres del mundo, incluidos los de Niña Susana. Algo que no se podía contar a los demás, que no podía expresarse con palabras.

4

Mientras tanto, y no muy lejos de los baños, Lázaro y su abuelo estaban pescando. En aquellos primeros días apenas habían hecho otra cosa que ir al río a pescar. Cada uno tenía su caña. El corcho de Lázaro era rojo y panzudo, como una pequeña peonza, y el del abuelo, blanco y esbelto. Flotaban muy derechos en la superficie del agua esperando la mordedura del pez. No hacía calor. Un viento muy suave mecía las copas y las ramas de los árboles, que ahora eran casi todos chopos. Antes la ribera estaba llena de árboles de distintas especies, sauces, mimbreras, olmos, y hasta fresnos, pero con las talas habían quedado reducidos a los chopos. Talaban los crecidos y plantaban en su lugar otros nuevos, lo que hacían en filas ordenadas, formando pequeñas tropas silenciosas, como bosques diseñados por un maestro.

—Abuelo, ¿cómo era el Valle?

El abuelo volvió su rostro hacia él y se le quedó

mirando con una sonrisa melancólica. Sólo veía a Lázaro, su nieto, durante aquellos meses del verano en que no se separaban ni un solo minuto, y tenían tiempo para hablar de todo. El Valle era uno de sus temas preferidos.

—Ésa fue una historia única, incomprensible, una de esas historias que sólo parecen existir en el mundo de los cuentos y que todos creen debida a una imaginación calenturienta. Pero Luciano y yo estuvimos allí, y todo cuanto te he contado lo vimos con nuestros propios ojos.

Y, después de mirarle fijamente, añadió misterioso:

—Como te estoy viendo a ti, esta caña que tengo en las manos, o veo el agua que corre a nuestros pies. Estuvimos en ese lugar tan extraño y pasamos en él los días más maravillosos de nuestra vida.

—¿Cómo era? —insistió Lázaro, que no se cansaba de escuchar el extraño relato.

—Es difícil de explicar con palabras —dijo el abuelo.

Y extendiendo su brazo, y señalándole el río, los árboles, las nubes que había en el cielo, continuó:

—Había algo raro. Mirabas, por ejemplo, las piedras de la orilla del río y eran, sí, iguales a éstas, pero también distintas, dueñas de una naturaleza tan escondida como indefinible. Y eso te pasaba con los animales, los árboles, las nubes que había en el cielo, ya que a todos los sitios donde mirabas era como si las cosas te estuvieran diciendo que no eran sólo lo que parecían. Ya sabes, la realidad no tiene por qué confundirse con la verdad.

Bruma se había incorporado y permanecía muy atenta, con los ojos fijos en los juncos. Se oyó un gran alboroto y una gallinita salió veloz de la orilla. Al momento la siguió otra, eran pequeñas y oscuras como bolas de brea. *Bruma* se las quedó mirando como preguntándose adónde irían con tanta prisa.

—¿Como en el cuadro de la pipa? —dijo Lázaro.

El abuelo asintió con una sonrisa.

—Sí, igual que en el cuadro de la pipa.

El abuelo tenía colgada en el cuarto de estar la reproducción de un cuadro de un pintor belga. Sólo era una pipa, una pipa dibujada con esmero infantil. Pero abajo el mismo pintor había escrito: *Ceci n'est pas une pipe*. Según su abuelo, ésa era la cualidad de las cosas del Valle, que estaban dotadas de un fondo de oscuridad, de un punto ciego por donde entraba la noche.

Se levantó una suave brisa. Todas las hojas empezaron a agitarse. Giraban como pequeñas chapas mientras los pájaros, cada vez más excitados, se ponían a gritar. Era la señal de que pronto habría oscurecido.

—Me estás engañando.

—No, de verdad —le contestó el abuelo con una sonrisa de pícaro—, te juro que era exactamente así. Lo recuerdo como si acabara de suceder.

El flotador empezó a agitarse y enseguida se hundió en el agua.

—Han picado —gritó Lázaro.

El pez empezó a tirar mientras el abuelo le daba el sedal que pedía. Debía de ser un buen ejemplar, pues cuando el abuelo bloqueaba el carrete, la caña se curvaba como si fuera a romperse por efecto de su fuerza. Volvía a dar sedal, lo recuperaba. Poco a poco lo fue dominando y pudieron ver al pez en la superficie. Oscuro, musculoso, como si no fuera una criatura del río sino del interior de la tierra, donde los animales necesitaban cuerpos vigorosos, de formas agudas, para excavar sus galerías. Lograron arrastrarle a la orilla. Era una tenca inmensa que brillaba sobre la hierba, perfecta en su forma.

—¿Le perdonamos la vida? —preguntó el abuelo.

Lázaro asintió aliviado, pues el pez abría y cerraba su boca desesperadamente, en trance de morir. Lo desprendieron del anzuelo y Lázaro lo tomó en sus manos para devolverlo al agua. Se reintegró a sus profundidades de un vigoroso coletazo.

—Llegamos de la forma más extraña —continuó el abuelo, que se había puesto a desmontar la caña de pescar—. Estábamos en plena Guerra Civil, y para muchos la situación en el pueblo se había hecho insostenible. El pueblo había caído en el lado nacional, bajo el mando de Franco, y grupos de falangistas se movían a su antojo cometiendo todo tipo de desmanes. No hacía falta tener ideas revolucionarias para convertirte en su blanco, bastaba con que uno de ellos tuviera algo pendiente contigo. Fue la época de las calumnias, las delaciones y las envidias. Una antigua discusión por el asunto más tonto podía costarte la vida. Nosotros pertenecíamos a la UGT, el sindicato socialista. Jamás nos habíamos metido en líos, pero, claro, habíamos defendido públicamente nuestras ideas. Y una tarde empezaron a atacarnos. Mataron a uno de los nuestros. Aún lo estoy viendo, se llamaba Esteban, y era un muchacho afable y delicado que tenía una zapatería. No he visto un hombre más pálido. El cuchitril en el que trabajaba daba a la calle y, al pasar por su puerta, veíamos la blancura de sus manos y su rostro entre los cueros curtidos, como una pregunta que ninguno de nosotros sabía responder. ¿Qué hacemos en este mundo?, decía esa pregunta, ¿por qué tenemos que morir?...

El abuelo se detuvo un momento para dar una nueva calada a su pipa. Llegó a cerrar los ojos para concentrarse aún más en el sabor del tabaco.

—A ver si sabes por qué le mataron —continuó—. Don Gerardo, uno de los ricos del pueblo, le había encargado unas botas que no pasaba a recoger. Esteban se había esmerado en la tarea. Había elegido los mejores materiales, había realizado cortes arriesgados y las puntadas eran tan finas que apenas se veían. El resultado era perfecto. Estaba tan orgulloso que, la tarde en que las terminó, no pudo resistir la tentación de convocar a un grupo de amigos para enseñárselas. Y puedo asegurarte que nunca en este pueblo había hecho nadie unas botas igual. Pues bien, como don Gerardo no mandaba a por ellas, convencido de que se había olvidado, decidió llevárselas en persona. Fue hasta su casa y le abrió una de las criadas, una muchacha joven cuya palidez sólo era comparable a la suya. No se conocían, pues la muchacha no era del pueblo, pero ambos apartaron avergonzados los ojos. Esteban le comunicó la causa de su visita y la muchacha se perdió en el interior de la casa para volver poco después y, con el rostro encendido de amor, anunciarle que su amo no podía salir. Esteban esperó una semana a que don Gerardo se pasara a recoger las botas y, como éste no lo hiciera, decidió volver a su casa. Le abrió la misma muchacha, y esta vez se sonrieron como si se conocieran de toda la vida, aunque ya no fue como si se encontraran en la puerta, a la vista de todos, como había pasado la primera vez, sino en el rincón más apartado de la casa, donde viven los secretos y los presentimientos. La insistencia de Esteban molestó a don Gerardo, y la muchacha regresó para decirle que su amo no sabía de qué botas le hablaba. ¿Quién sabe por qué actuó así? Tal vez le había despertado de la siesta; tal vez su orgullo de rico le impedía admitir que un miserable zapatero pudiera recordarle que había incumplido sus deberes. Pero Esteban volvió por la tarde y, esta vez, la respuesta fue más contundente. Salió el capataz a exigirle que no volviera. «Estás jugando con fuego», le dijo. Esteban no podía entender que después de haberle encargado las botas no quisiera llevárselas y tomó la resolución de plantarse delante de la casa, donde permaneció hasta la noche. Bueno, eran otros tiempos; y otra clase de hombres. Hombres que creían en la discreción, en la soledad y en la palabra dada. De forma que Esteban cogió la costumbre de ir allí todas las tardes al terminar su trabajo. No hacía nada, sólo permanecer ante la casa de don Gerardo esperando a que éste saliera a por las botas. Empezó a concitar la curiosidad del pueblo, y muy pronto fueron muchos los que esperaban con él o le llevaban comida. Comida que dejaban a sus pies y que Esteban recibía con una sonrisa ingenua, sin comprender que cada chorizo, cada plato de pastas era el recuerdo de una afrenta que don Gerardo les había hecho, a éste pagarle menos de lo que habían acordado, a ésta echarla de su casa por tirar el café al servirlo o acusarle sin razón de robar. Y por eso Esteban, aguardando junto a la puerta del amo, en medio de aquel círculo encantado de los alimentos, les parecía que era el símbolo de ese amor propio sin el cual no es posible vivir una vida digna. Llegó a intervenir la guardia civil que, después de hablar con Esteban, tuvo que aceptar la evidencia de que no hacía nada malo y que echarle a la fuerza habría sido un abuso que podría causar problemas, pues todos estaban de su parte. Fueron a ver a don Gerardo, en compañía del cura, y estuvieron encerrados en aquella casa hasta convencerle de que tenía que pagar a Esteban por su trabajo. Y don Gerardo cedió. Pero al tiempo que recogía las botas y le pagaba a Esteban lo acordado, se inclinó sobre su hombro y le dijo: «Date por jodido». Se guardó aquella venganza hasta que se declaró la guerra y Esteban fue el primero en caer. La primera víctima de las patrullas de la muerte, que eran grupos de señoritos y jóvenes fascistas que iban por las casas llevándose a los que se habían significado por sus ideas y cuyos cuerpos dejaban luego tirados en las cunetas. No sólo le fusilaron sino que le hallaron con los pies destrozados, porque alguien había descargado en ellos todo el cargador de su pistola. Unos pies que siempre habían vestido alpargatas porque eran los pies de un pobre. Y todos supimos que había sido don Gerardo, aunque no pudiéramos demostrarlo. Ni ganas nos quedaron de hacerlo, conscientes de que nosotros iríamos después. Ya sabes, quien sobrevive al otro siempre es un poco traidor. Y así empezó a suceder que los fascistas nos iban cazando uno a uno, como se hace con los conejos y las gallinas de los corrales. Pero un día fue don Gerardo el que apareció muerto, y culparon a la UGT. Todos terminamos en la cárcel, y ya nos estábamos despidiendo del mundo cuando la muchacha que había abierto la puerta a Esteban confesó que era ella quien le había envenenado. De forma que se vieron obligados a soltarnos, aunque de mala gana, que en la misma puerta uno de aquellos señoritos nos dijo que nos anduviéramos con cuidado, porque a partir de entonces en el pueblo se había acabado la anarquía. Eso dijo, y aunque nos quedamos con ganas de contestarle, nos dimos cuenta de que no serviría de nada. Porque ¿qué sabía él lo que era la anarquía? ¿Cómo podía comprender que lo que buscábamos no era tan extraño?, ¿que nuestros sueños no tenían que ver con grandes ideas abstractas, con lo grande o las alturas, sino con lo más delicado y pequeño? Pan y trabajo para todos, eso era para nosotros la anarquía. Un mundo en el que no hubiera generales ni curas, en que los lugares a los que la gente llevara sus ofrendas y flores no estuvieran en las iglesias sino en los huecos de los árboles y en las orillas de los arroyos, y donde todas las puertas permanecieran abiertas. En que don Gerardo habría salido personalmente a recoger las botas, porque todos los trabajos serían iguales, y en que Esteban y la muchacha del veneno habrían traído a la tierra niños tan blancos y tiernos como bollos de leche. Pero ese mundo en nada se parecía al que nos rodeaba, y nuestra situación llegó a hacerse tan insostenible que decidimos escapar. Lo hicimos aprovechando la noche, convencidos de que si permanecíamos más tiempo en el pueblo terminarían por matarnos a todos.

5

Bruma se había sentado entre las piernas del abuelo y le miraba con fijeza, como si entendiera sus palabras y le gustara escuchar lo que estaba contando. Aunque lo más probable es que también ella quisiera una sardina en aceite. El abuelo había abierto una lata y se estaban comiendo las sardinas con pan.

—Pues bien —continuó el abuelo, después de poner en la boca de la perra la anhelada sardina—, una tarde decidimos escaparnos. Lo hicimos una docena de muchachos, en una camioneta que tomó prestada uno de nosotros a un pariente que era repartidor de pescado. Escapamos por un camino que se internaba en los pinares. Pero una patrulla nos dio el alto cerca de Pesqueruela. Abandonamos la camioneta y nos escapamos corriendo. Unos lo hicieron por los pinares, y Luciano y yo, por la orilla del río. Empezaron a dispararnos. Sentíamos las detonaciones y oíamos el silbido de las balas por encima de nuestra cabeza y sus impactos en los troncos y el suelo, como si corriéramos bajo una lluvia de brasas. No me digas por dónde, pero estuvimos corriendo hasta que no pudimos más. Las voces de los que nos perseguían se hicieron más lejanas y los disparos se fueron espaciando hasta desaparecer. Nos dimos cuenta de que los habíamos despistado. Cruzamos un pequeño regato y nos internamos en una zona de densa vegetación. Era un bosquecillo de avellanos y, como estábamos hambrientos, nos pusimos a comer hasta hartarnos. Allí pasamos la noche, ocultos bajo las hojas y las ramas, como los animales del bosque. Al amanecer, el lugar no parecía el mismo, aunque no fuera fácil saber por qué. Allí estaban los avellanos, la hierba, el pequeño arroyo, pero había algo raro en todas las cosas que nos rodeaban y que no acertábamos a definir. Un silencio extraño, misterioso, que no tenía tanto que ver con la ausencia de sonidos como con su propagación secreta, distinta, su flujo hacia el interior del bosque, más allá de la cortina de follaje. Avanzamos en esa dirección, arrastrados por ese flujo inasible. De pronto siento cómo Luciano me da con el codo. Vuelvo la cabeza y veo a una mujer, que está inmóvil, detenida junto a un árbol. Es muy hermosa, y está completamente desnuda. El pelo se derrama ensortijado por sus hombros, su pecho y su espalda, y es muy abundante. Abundante y tupido como el humo más negro. Sus ojos brillan, sin embargo, como lavados con agua de lluvia. Sonríe y se echa a correr. Tan rápido, que cuando queremos reaccionar la hemos perdido de vista. Luciano y yo nos miramos perplejos, preguntándonos quién puede ser y cómo ha podido alejarse a esa increíble velocidad, una velocidad que más que humana es la velocidad de los lagartos y la de las liebres. Pero enseguida regresa. Escuchamos el sonido de sus pisadas y cuando nos damos la vuelta está encima de un tronco, mirándonos con una expresión de desafío y de júbilo. «No tenéis ni idea de lo que pasa por aquí», parece decirnos. Y así es, porque de un gran salto se sube a un árbol y empieza a trepar por sus ramas. Sin esfuerzo alguno, con una agilidad que nos pasma. Hasta que desaparece de nuevo. «¿Has visto?», murmura Luciano tirándome de la chaqueta. Nos quedamos un buen rato mirando hacia arriba, hacia las copas de los árboles, que se mecen suavemente por efecto del viento, pero se ha esfumado sin dejar rastro, confundiéndose con las ramas y las hojas. Reanudamos nuestra marcha y, un poco más allá, volvemos a verla en una rama. Está colgada cabeza abajo, con su larga melena suspendida en el aire, grávida y oscura como un enjambre. Me acerco para tocársela, pero se incorpora y vuelve a escapar. Todo es muy extraño porque, al girar la cabeza, veo que sigue allí. «Son dos», me dice Luciano al oído. Y en efecto, hay dos muchachas. Están sólo a unos pasos de nosotros y juegan a imitarse. Levantan las manos, agitan sus cabelleras y se ponen a girar como una figura y su reflejo. Aunque enseguida recobren su individualidad y se pongan a subir y bajar de los árboles a una velocidad endiablada. La mañana entera es ese juego. Llegan a desaparecer por largos minutos y, cuando las damos por perdidas, vuelven a correr a nuestro alrededor, tirándonos cosas, bayas, frutos secos, pequeños cantos que han cogido del lecho del arroyo. Uno de esos cantos golpea a Luciano en la frente y le hace daño. «Cabronas», murmura, y en un movimiento instintivo echa mano al cinturón y saca su pistola. Pero ellas no huyen, no tienen miedo o no conocen el sentido de las armas, y Luciano vuelve a guardarse la pistola en el cinto, avergonzado. «Están locas —exclama—, completamente locas. Este bosque está lleno de mujeres chifladas.» Dice esto porque ya no son dos las que nos siguen y atacan, sino que hemos llegado a contar cinco. Aunque sea difícil precisar el número, pues son absolutamente idénticas y sus movimientos muy rápidos. Cuando corren hacen con la lengua un ruido extraño y agudo, que inexplicablemente termina por gustarnos. Nos obligan a seguirlas mientras el bosque se hace más y más espeso. Algo me golpea en la nuca y tengo que apoyarme en un árbol para no perder el equilibrio. Me zumban los oídos, y tengo nublada la vista. Cuando empiezo a recuperarme, una de las muchachas está a mi lado. Tiene la cara muy cerca de la mía y me sopla delicadamente en la frente. Me fijo en que tiene un pequeño lunar debajo de la nariz. «¿Quién eres?», le pregunto, pero ella sonríe y se va corriendo. Veo a Luciano junto a dos de las muchachas. Permanece con los ojos cerrados y el rostro vuelto hacia las copas de los árboles. Las muchachas le tocan, le olisquean, como si fuera la primera vez que están con un hombre. Llegan dos nuevas y hacen lo mismo conmigo. Me fijo en lo hermosas que son. Tienen facciones muy dulces, y su piel es muy fría y tiene el tacto de los lagartos y de los peces. Me doy cuenta de que esa baja temperatura las defiende de los rigores del bosque. Luego descubriremos su gusto por el sol, su afición a tumbarse sobre las piedras y permanecer largo rato absorbiendo el calor de los rayos solares. Tras estas curas, sus cuerpos desprenden un calor suave y constante que las hace increíblemente felices. Tenemos hambre. Llevamos más de veinticuatro horas sin comer, y Luciano se señala la barriga, la boca, y se lo explica con gestos. Se alejan, vuelven con frutos pequeños, muy sabrosos, que devoramos. Se ríen cuando nos ven masticar. Ya casi es de noche y empieza a hacer frío. Decidimos encender una hoguera. Reunimos leña, y les pedimos que nos ayuden. No sabemos cómo van a reaccionar cuando vean el fuego, pero les encanta. Se van juntando y se quedan con los ojos fijos en las llamas. De vez en cuando emiten su grito. Me doy cuenta de que siempre lo hacen cuando están a gusto, que es una especie de canto. De hecho, tratamos de imitarlas. Ellas ríen y nos contestan de la misma manera. Vienen más. Llegamos a contar siete. Se reúnen alrededor de la hoguera y son tan idénticas que da vértigo mirarlas. Luciano habla con ellas. Es muy caballeroso. Las llama señoritas, les agradece sus atenciones. «Nunca nos habían tratado así», murmura con los ojos brillantes por el fuego y la excitación. Ellas se ríen. Se acercan a él y empiezan a mirarle por todos los lados. Cuando habla, se detienen con los ojos puestos en sus labios. Llegan a meter en la boca de Luciano sus dedos y a buscar entre sus dientes. Como si no comprendieran el sentido de la modulación, del ritmo y las pausas que hacen que nuestros sonidos se transformen en palabras. Animados por el efecto, nos ponemos a cantar. Cantamos canciones milicianas, *Ay, Carmela, Si me quieres escribir, Yo me subí a un pino verde*... Ellas nos miran con una expresión de alegría, y se suman a nuestras canciones gritando. Gritan y se ponen a girar, con los brazos extendidos, cerrando los ojos y balanceando la cabeza. Lo hacen tan deprisa que sus melenas se elevan arrebatadas por sus giros, y sus cuerpos quedan enteramente al descubierto. Les pedimos más leña y ellas van a buscarla. Parece gustarles complacernos en todo. Les hace gracia que seamos tan exagerados en nuestro agradecimiento, pues nosotros nos deshacemos en reverencias y en cómicos saludos. También son muy listas, pues captan al vuelo el significado de nuestras peticiones. Nos traen frutos y corren a por ramas y piñas. También bajan al manantial a por agua, que conservan en el interior de sus bocas. Van y vienen corriendo, y el agua está muy fresca y da gusto recogerla de sus labios, para lo que nuestras bocas deben juntarse a las suyas. No traen sólo agua. Ya hemos bebido lo suficiente, y ellas corren al interior del bosque. Vuelven completamente heladas, con hierbas empapadas de un líquido extraño, de color indefinible, que nos dan a probar. Me hace un efecto inmediato. Muy pronto, de hecho, apenas puedo mantenerme en pie. Tiendo las manos para apoyarme en un árbol, pero pierdo el equilibrio y me cuelo literalmente en su tronco. Estoy cayendo mucho tiempo, hasta sentir que alguien me sujeta. Tengo abiertos los ojos pero no veo nada, ni un objeto, ni un solo límite. Ahora me cogen por las manos, tiran de mí. Empiezo a ver rostros de muchachas. Se acercan, cuchichean, se echan a reír. Trato de decirles algo, pero no logro articular ningún sonido. Me doy cuenta de que a pesar de su igualdad tienen pequeñas diferencias. Por ejemplo, sólo hay una que tenga un pequeño lunar. Es la que antes se me acercaba, la que al darme agua de su boca tardaba tanto en retirarla de la mía, aun cuando ambas estuvieran vacías. «No te marches —le digo—, no sé lo que me pasa.» Se ríe. Corre hacia un árbol y la veo subir por él. Regresa poco después con varios huevos de pájaro, que enseguida me da a probar. Me pregunto cómo logran moverse con aquella ligereza, subir a los árboles más altos sin aparentar esfuerzo ni tensión alguna. Me da la mano y me obliga a levantarme. Estoy mejor, la cabeza ha dejado de darme vueltas, pero el efecto de la bebida no ha desaparecido. El suelo sigue moviéndose y si me apoyo en un árbol éste tiembla con mi contacto. Vivo en un mundo líquido. La muchacha tira de mí, me arrastra. De pronto me suelta y se echa a correr. Yo también corro. La pierdo de vista por un momento y cuando vuelvo a verla, en un claro, permanece suspendida en el aire. Hay allí otra muchacha. La está mirando desde el suelo y me hace gestos para que me acerque. Me coge de la mano y empieza a arrastrarme, cada vez más irritada, como si mi torpeza la sacara de quicio. Me hace daño en el hombro. Cierro los ojos un momento para concentrarme y controlar el dolor, y cuando vuelvo a abrirlos estoy suspendido en el aire, a dos metros del suelo. También ellas lo están. Las imito. Muevo los brazos y mi cuerpo se desplaza. Las sigo hasta la copa de un árbol. De pronto, tengo vértigo, pues estoy a una altura increíble, y no me atrevo a seguir. Ellas vuelven en mi busca, riéndose, cada vez más decididas y excitadas. Me empujan, me cogen de las ropas, hasta que me hacen caer. Pero ahora sé que tengo esa facultad, la de permenecer suspendido en el aire. Muevo los brazos y detengo esa caída, luego empiezo a ascender, cada vez más deprisa, con más confianza, persiguiéndolas. A una logro cogerla de un pie. Nos colamos a gran velocidad entre las ramas y las copas de los árboles, vamos de un lado para otro como arrastrados por un torbellino. Veo abajo a Luciano y le hago gestos con la mano. Él me responde levantando las suyas. Está con tres muchachas. Juega con ellas. No parece el Luciano que conozco, callado, taciturno. Ahora juega, se ríe, corre detrás de las muchachas, contagiado de su felicidad. Poco después estoy en una cueva. La oscuridad es casi completa, salvo una luz difusa que viene del fondo. Me levanto y me dirijo hacia esa luz que cada vez se hace más clara. Es la salida del bosque. Llamo a Luciano, lo busco por los alrededores. Está sentado junto al arroyo y también él acaba de despertar. «¿Qué ha pasado?», me pregunta. No sé qué responderle y me limito a encogerme de hombros. Nos levantamos y nos ponemos a andar por el bosque. Ninguno de los dos decimos nada, pero estamos buscando a las muchachas, sin las que aquel lugar nos parece desolado y vacío. Empezamos a tener frío, y encendemos una hoguera. Vuelve a ser de noche. No decimos nada, apenas nos miramos por temor a que el otro adivine la tristeza que nos embarga. Cada poco, levanto los ojos. Me quedo mirando las ramas, las copas de los árboles. «Has estado allí arriba», me digo, y enseguida bajo los ojos para que Luciano no sorprenda esos pensamientos de mi locura. Voy a por más leña y veo a una de las muchachas, que se echa a correr. Regreso con el corazón en la boca. «Han vuelto», le digo a Luciano.

La hoguera está encendida y ellas vuelven a aparecer. Tenemos hambre y se lo decimos. Enseguida están allí, con frutos, huevos de pájaro, pequeños hongos de sabores deliciosos. También con aquel líquido. Lo traen ahora en grandes hojas, dobladas como cucuruchos, y nos lo dan a beber. La noche se va en extraños juegos, en movimientos secretos, ocultos, dulcísimos, y al día siguiente todo se repite. Despertamos y ellas se han ido. Dormitamos toda la mañana, y al medio día luce un sol magnífico, y decidimos bajar al río a bañarnos. Me fijo en Luciano. Se ha quitado la camisa y tiene el brazo lleno de marcas oscuras. «¿Qué es eso?», le pregunto. Luciano evita contestarme. Nadamos por un rato, y a la salida vuelvo a fijarme en su cuerpo. No es sólo el brazo, sino también el hombro de ese mismo lado y parte de su pecho los que están llenos de esas marcas. Me acerco, y le impido que se termine de abotonar la camisa. «¿Qué coño pasa —le pregunto—, quién te ha hecho eso?» Luciano se detiene y me mira a los ojos. «Hay una que muerde», me dice con una expresión de dolor, pues sin duda el simple roce de la tela, al ponerse la camisa, basta para hacerle sufrir. Empezamos a observar en las muchachas conductas extrañas. No somos capaces de determinar hasta qué punto esas conductas se deben a un cambio real, consecuencia de sucesos que se nos escapan, o a un conocimiento mayor de sus costumbres. Empezamos a descubrir una naturaleza arisca, violenta, por debajo de aquella tan generosa y dulce. También que las muchachas pasan de una a otra con desenvoltura, como si no fueran incompatibles ni se desmintieran entre sí. A veces están manchadas de sangre; sus fugas son frecuentes y pueden prolongarse días enteros. Cuando regresan están distraídas, nerviosas, ocultan cosas que no nos quieren enseñar. Nos acercamos y escapan al interior del bosque. Todos los intentos que hacemos por descubrir lo que hacen, o adónde van, son inútiles, pues aun cuando tratamos de seguirlas enseguida nos despistan. Una vez desaparecen por espacio de varios días. Las esperamos en la orilla del arroyo y llegamos a pensar que ya no van a volver. Estamos a punto de irnos nosotros también, cuando vuelven juntas, formando una pequeña tropa, que vemos avanzar por el río. El reencuentro constituye una auténtica fiesta. Han encontrado camisas, botas, y correajes militares. Una de ellas, sobre su piel desnuda, lleva un cinto con una pistola. Le pregunto de dónde lo ha sacado, pero ella se echa a reír. Las otras la imitan, y enseguida todas ríen, chillan, se ponen a girar. Están muy excitadas, y terminamos en el río, chapoteando en el agua. Y esta vez es a mí a quien le toca probar los mordiscos. Trato de mantener el equilibrio agarrándome a una rama, y una de las muchachas me muerde en el brazo, casi a la altura del hombro. «Joder, me haces daño», le digo. Pero ella no suelta su presa, y permanece así un rato, apretándome con todas sus fuerzas. Sus dientes son muy agudos y siento su filo en mi piel. El dolor es tan intenso que llego a marearme. Me suelta, y salta delante de mí. Su rostro y el mío están tan cerca que siento su aliento helado sobre mis mejillas. Me mira con una expresión tan alegre, tan pura, que los ojos se me llenan de lágrimas. Me doy cuenta de que no sabe lo que hace, y que cree que se trata de un juego. Un poco más tarde, cuando se acerca de nuevo a mí en la orilla, la distingo porque le falta un trocito de oreja, soy yo mismo el que le ofrece los dedos de la mano para que me los chupe. «Sin morder», le digo. Pero no me hace caso, y empieza a morderlos poco a poco, cada vez con un poco más de fuerza, hasta que me hace gritar, y la cabrona ríe, chilla, se pone a girar, que la secuencia es siempre la misma, y la risa es el anuncio de los chillidos y del baile concentrado y loco. En los días siguientes se aficiona tanto a morder y lo hace tan a menudo, y con tanta fuerza, que su compañía llega a resultar torturante. Luciano decide fabricar un bozal. Lo hace con cuerdas que elabora cortando tiras de la ropa y con las que teje una pequeña red. Una red que ajusta sobre la barbilla de la muchacha, y que ella se deja poner complacida, aunque siempre termine quitándosela. Una tarde me corto con el cuchillo. Es un corte profundo por el que sangro con abundancia. Me vendo la herida, y poco a poco todas están allí. Tengo que quitarme la venda para enseñarles la herida. Me doy cuenta de que la visión de la sangre las excita. Una a una van cogiendo mi mano y chupan la herida. No me opongo a ello. Hay en sus rostros en esos momentos una expresión arrebatada, melosa, que me hace olvidar que es mi propia sangre lo que se beben. Sin embargo, llegan a hacerme daño y termino por echarlas. «Hale —les digo—, al arroyo, al bosque.» Levanto los brazos, hago grandes aspavientos y ellas se echan a reír. Están muy excitadas y llegan a darme pequeños empujones. Se echan a correr y, al pasar a mi lado, me golpean con las manos. «Cabronas», murmuro con una sonrisa, y me quito el cinto. Lo agito con fuerza para intimidarlas y consigo hacerlas marchar. Al momento todo está en silencio. Veo un pájaro, una marica. Está detenida en una rama, y su plumaje negro brilla como el carbón mojado. Chilla y levanta el vuelo. «Estás jodido», parece decirme. La veo perderse entre los árboles, desde donde vuelve a chillar. Me asalta una idea. Estamos muertos, Luciano y yo estamos muertos. No conseguimos escapar de la patrulla. Nos alcanzaron a la orilla del río y fuimos abatidos a tiros. Nuestros cuerpos están allí, entre los juncos, flotando en el agua teñida de sangre. Este lugar no es real. Tampoco las muchachas. Recuerdo lo que he oído contar, que los moribundos en sus últimos instantes llegan a tener delirios. Sueñan con su vida pasada, que ven desfilar a gran velocidad, o imaginan situaciones traspasadas de extrañeza. Como si morir fuera esconderse, escapar a otro lado. Un acto de atrevimiento inexplicable. La idea me afecta de tal forma que regreso al campamento llorando. Veo a una de las muchachas. Está detenida en la orilla del río y se sobresalta al sentirse descubierta. La veo ocultar algo, algo que tiene en las manos y que guarda detrás de su cuerpo. Le pregunto qué es, pero ella lo esconde aún más. Y cuando me acerco para quitárselo, se escurre de mi abrazo y huye chillando. Era algo rosado, casi blanco, con un tacto que me recuerda la carne humana. No quiero pensar en ello, pero la sospecha me hace palidecer. Vuelvo al campamento. Luciano está junto a la hoguera. Me acercó a él y empiezo a contárselo. «Sí —me dice—, lo sé.» Me hace levantar y seguirle. Vamos a la orilla del río. Una de las muchachas está allí. A su lado, sobre la arena, hay algo que empuja con un palo. Nos acercamos, y estoy a punto de gritar. Se trata de una mano humana. La mano de un cadáver. Pero la muchacha juega con ella como si fuera un juguete, un animal frágil y enfermo al que tratara con inmensa dulzura. Lo baña en el agua y luego lo envuelve en hojas y lo aprieta contra su pecho. No es ella sola. También las demás tienen trozos así, pies, dedos, orejas, globos oculares. Los han traído de su última excursión. Luciano, más atento que yo, ha hecho descubrimientos. Guardan restos de cuerpos humanos. No sabe dónde, ni cómo se las arreglan para que no se corrompan, pues presentan un aspecto fresco y limpio, como si acabaran de ser separados del cuerpo al que pertenecen. A una de ellas la sorprendemos con una cabeza. Luciano y yo nos abrazamos espantados. «Son demonios —me dice—, les gusta la carne humana.» Lo dice señalando mi herida, haciéndome ver que debo tener cuidado. Pero esa misma noche, mi amiga viene a verme, y lo primero que quiere es ver mi herida. Cierro los ojos y siento cómo me quita la venda, y me concentro en sus pequeños besos, y en cómo empieza a lamerme. El dolor es muy intenso. «Por favor —murmuro—, no sigas.» Pero ella no me hace caso, y yo la dejo hacer... Oigo a Luciano. «Despierta, despierta», me dice sacudiéndome por los hombros. Me levanto tambaleante, sin fuerzas. Apenas me responden las piernas. Luciano se da cuenta y me ayuda a caminar. No sé cuántas horas llevo dormido. Me explica que las muchachas acaban de salir. Tenemos que seguirlas, me dice. Durante todo ese tiempo se ha mantenido en vela, espiándolas. Ha tenido una idea magnífica. Ha puesto luciérnagas en sus correajes y camisas, y las vemos brillar en la oscuridad. Avanzamos con los ojos fijos en esas luces, que suben y bajan entre los árboles, como una escritura de oro. De pronto las perdemos. Estamos un buen rato andando a ciegas, hasta llegar a la orilla de un río. Reconocemos el lugar. «Es el Duero», dice Luciano. Estamos junto a Simancas y divisamos a lo lejos la silueta del castillo, de piedra blanca, de formas redondas y armoniosas, como un cofre. Hay luna llena y su luz se refleja sobre el agua, iluminando la vega de una claridad lechosa. Andamos un poco y vemos a las muchachas. Están a la orilla del río, junto al puente romano. Vemos también los cadáveres. Son, al menos, seis personas. Los acaban de fusilar. La Patrulla ha cumplido una vez más su trabajo siniestro. Actúan de noche, y dejan tirados los cuerpos que luego por las mañanas los de los pueblos recogen y entierran a toda prisa para ocultar la infamia. Son esos cuerpos los que buscan las muchachas en sus salidas. Los encuentran y comen su carne. Cuando se sacian, cogen sus ropas, sus correajes, las cosas que les llaman la atención, y regresan al Valle. También se llevan trozos de los cuerpos. Trozos que envuelven en hojas y en hierbas, y con los que se alimentarán en los días siguientes, hasta que la carne se acabe y se vean obligadas a salir de nuevo en su busca. Probablemente es una afición reciente, pues de otra forma habríamos encontrado restos, huesos antiguos que ni Luciano ni yo hemos localizado nunca. Algo que han empezado a hacer desde que la Patrulla sale a matar. Han visto los cuerpos de los fusilados, la sangre tiñendo las aguas del río, y se han aficionado al sabor de la carne humana. Como si aquellos actos terribles que enfrentan a vecinos y hermanos entre sí hubieran trastornado el orden mismo del mundo. Ahora están allí, entre los cuerpos muertos, y comen sus carnes todavía recientes a mordiscos, como hacen los animales. Una de ellas levanta la cabeza y, por unos momentos, antes de continuar su festín, se queda mirando a la luna. Vemos la sangre que mancha sus labios, su barbilla, sus dientes afilados y rojos. Se pone a cabecear levemente, al tiempo que emite un extraño ruido, como si estuviera chascando la lengua. Las otras se detienen, levantan sus cabezas y la imitan. El espectáculo es atroz, pues, a pesar de estar cubiertas de sangre, en sus rostros hay una expresión de profunda dicha. «Esto es divino», parecen estar diciendo, mientras a su lado, en el suelo, los cuerpos despedazados de sus víctimas reposan en posturas extrañas. No podemos soportarlo por más tiempo y decidimos escapar, hacerlo por la orilla del río, corriente arriba. La huida se prolonga por espacio de varias semanas. Durante el día descansamos entre los árboles y los matorrales, y por las noches avanzamos febrilmente, guiándonos por el curso del río. Una de esas noches un grupo de soldados nos da el alto. Estamos demasiado cansados, demasiado abatidos, y no intentamos escapar. Nos abrazamos estrechamente, pensando que ha llegado nuestro fin, pero en realidad estamos salvados, pues son de los nuestros. Unos días después nos llevan a Madrid. Allí nos encontramos con Ramón y con los otros camaradas del pueblo, que nos han dado por muertos. No les contamos lo que hemos visto, no mencionamos a las muchachas, a las que, por otra parte, cada día que pasa añoramos más profundamente. Hablamos a menudo de ellas, sobre todo de noche, cuando estamos acostados. Luciano, no sé por qué, empieza a llamarlas las Gigantas. Recordamos los días increíbles, las reuniones en torno a la hoguera, su disposición a la felicidad. Muchas noches terminamos llorando. «¿Dónde estarán?», nos preguntamos. Y tememos que los nacionales las puedan haber localizado y abatido a tiros. Poco a poco, aquellas confidencias cesan, supongo que nos hacen demasiado daño, y entre Luciano y yo se establece un pacto de silencio en torno al Valle que todavía hoy no se ha roto. Un pacto que es a Luciano a quien más afecta, pues a partir de entonces prácticamente deja de salir por el pueblo, salvo para ir al bar de Ramón a vender los cacahuetes. Pero ya ves que ni siquiera entonces abre la boca, porque es como si no creyera en las palabras; o tal vez porque piensa que lo que tiene que decir, al lado de aquellos recuerdos, no vale nada.

El abuelo se detuvo un momento. Había terminado de recoger las cañas, y empezaba a oscurecer. Las copas de los árboles temblaban como grandes cabezas pensativas.

—Tenemos que regresar —dijo.

Bruma estaba en la orilla contemplando el curso del río, que brillaba por efecto de los últimos rayos del sol. Había una luz rosada. Las nubes formaban en el cielo unos grandes labios que el abuelo se quedó mirando con una expresión melancólica.

—Sí —añadió—, a partir de esos días cerró la boca para siempre. Supongo que ya no le quedaba gran cosa que decir, ni que esperar de la vida.

Emprendieron el camino de regreso. *Bruma* marchaba la última, con la cabeza gacha y las grandes orejas casi arrastrando por el suelo.

—Te lo estás inventando.

—No —le dijo el abuelo—. Todo lo que te he contado es rigurosamente cierto.

Y, después de caminar en silencio unos metros, añadió:

—Además, tenemos pruebas.

Lázaro le miró con ojos interrogantes.

—Llevábamos cámara de fotos. O, mejor dicho, la llevaba Luciano. Y tenemos fotos. Fotos que, de común acuerdo, nunca llegamos a enseñar a nadie.

—¿Ni a la abuela? —le preguntó Lázaro.

El abuelo se echó a reír.

—No, a ella menos. Se habría muerto de celos.

6

Se encontraron a Alba en el portal. Estaba sola, sentada junto a la puerta, dando de comer a los pájaros. Les tiraba migas en la acera y los pájaros, pardales sobre todo, bajaban a comerlas. Lo hacían con picotazos rápidos y precisos, como puntadas de una máquina de coser. No se hartaban nunca. «Aprovechemos mientras podamos», parecían decir. Estaban dispuestos a reventar si era preciso.

Bruma les miró distraída y, al ver a Alba, corrió enseguida hacia ella en busca de su ración de caricias. Se tiró al suelo, enseñando la tripa, con todas las patas abiertas.

—*Bruma* —le dijo Alba—, pero qué descocada eres.

El abuelo se había rezagado un poco, hablando con un conocido, y se sumó al grupo unos minutos después.

Alba se puso muy seria.

—Si quieres —le dijo el abuelo—, te invitamos a cenar.

Pero ella le dijo que no.

—Tengo mucho que hacer.

Se la veía tensa y nerviosa. Rehuía mirarles y permanecía con los ojos fijos en *Bruma* , que seguía tumbada en el suelo sin cansarse de sus caricias. Alba no podía dejar de pensar en Niña Susana, ni en lo que les había contado Sócrates sobre sus visitas a casa del señor Luciano todos los primeros de mes. Hacía responsable al abuelo de lo que pasaba, porque era su mejor amigo.

—Bueno —dijo Alba—, me voy a la tienda.

La madre de Amalia tenía una tienda de ultramarinos, y Amalia muchas tardes se quedaba despachando hasta que cerraban. Alba solía ir a verla a esas horas y la ayudaba a colocar las cosas.

—Espera —dijo Lázaro—, te acompaño.

El abuelo le dijo que no tardara, porque la cena estaría preparada en una hora. Todavía, antes de que ella se fuera, los ojos del abuelo se encontraron un momento con los suyos, y percibió en ellos un reproche.

«A esta chica le pasa algo», pensó para sí.

Amalia estaba con otra amiga. Se habían puesto detrás del mostrador y no paraban de hacer el payaso.

—Pasen , señoras —decía Amalia a voz en grito—. Legumbres de La Bañeza, anchoas de Santoña, los mejores mejillones de las rías gallegas, embutidos de Salamanca. Ultramarinos Castelló posee una oferta ilimitada de los mejores productos de España.

La amiga no paraba de reírse.

—Calla, que no puedo más —murmuró.

Hicieron las presentaciones.

—Ésta es Silvia —le dijo Amalia.

Silvia se acercó a Lázaro y le plantó dos besos en las mejillas. Las de ella estaban ardiendo. Silvia era menuda, con una expresión vivaz, como si tuviera una parte de ratón. Parecía que si te descuidabas un momento la ibas a dejar de ver, que se iría entre los paquetes y los sacos de legumbres.

Habían estado hablando de Sócrates y de Niña Susana.

—Seguro que termina armándola —dijo Amalia.

Las tres estuvieron de acuerdo. Sócrates no podía aceptar que Niña Susana hiciera de puta, y antes o después explotaría y se enfrentaría al Pelao. Y no sería un enfrentamiento cualquiera, sino a muerte, porque dos gallos no podían vivir juntos en el mismo corral. Se quedaron un rato en silencio, sin saber lo que tenían que hacer.

—A ver las nuevas frases —dijo Amalia.

Alba sacó su cuaderno y se puso a leerlas.

— La primera: «*Oye, escúchame, acabo de escaparme de casa. He metido en un bolso el secador y el cepillo. No pienso volver nunca*». La segunda: «*Ésa ni es inglesa ni nada. Se llama la Yoli, que la conozco yo. Su padre es agricultor y su novio, el Juancho. Lo que pasa es que se ha teñido el pelo de rubio y va por ahí dando el pego*». Y la tercera: «*Las relaciones que tienen los hombres entre sí son rarísimas. Más raras son las que tienen con nosotras*».

—Esta última es genial —dijo Amalia, que no podía dejar de reírse.

—Es verdad —dijo Silvia con expresión enajenada—. Los chicos son rarísimos.

—Hay que disculparles —dijo Amalia—. ¿Tú has oído hablar de esas hormonas que nosotras tenemos en la sangre cuando nos viene la regla y que nos ponen para allá? Pues ellos las tienen todo el tiempo.

—Deprisa, venid —dijo Alba.

Había salido a la puerta y las llamaba haciendo grandes aspavientos. Ya era de noche y se veía una luna inmensa, redonda como un plato. Parecía que con sólo tender la mano la podrías tocar. Pero Alba no las llamaba para eso, sino porque en esos momentos, y por la acera de enfrente, pasaba el señor Luciano. Iba encorvado, llevando sobre la espalda el saquito de los cacahuetes. No parecía desde luego el saco del Sacamantecas y su aspecto infundía tristeza y compasión.

Ni Alba ni Amalia, sin embargo, estaban dispuestas a concedérsela.

—Vaya tío guarro —murmuró Amalia.

Lázaro se las quedó mirando sin entender. Luego entraron en la tienda, aunque ya no tuvieran muchas ganas de seguir bromeando. Ayudaron a Amalia a terminar de colocar las cosas. Lo hacían todo concentradas y serias, como si por un simple descuido, por derramar sobre el mostrador, por ejemplo, el saquito de harina, se pudieran morir. Lázaro las miraba confuso, sin saber lo que tenía que pensar. Alba se dio cuenta y, en un aparte, le dijo:

—Tenemos que hablar.

Salieron a la calle y fueron a la plaza. Alba se puso a contarle lo que Sócrates les había dicho, mientras Silvia y Amalia permanecían sentadas a su lado. Su revelación final fueron los encuentros de Niña Susana y el señor Luciano.

—La paga para que se meta con él en la cama —añadió con ferocidad.

—Vaya amiguitos que tiene tu abuelo —añadió Amalia, aunque enseguida se dio cuenta de lo poco oportuno de su comentario, y llevó su mano a la cabeza de Lázaro para revolverle cariñosamente el pelo.

Lázaro se quedó en silencio. No podía creerse aquella turbia historia. Su protagonista nada tenía que ver con aquel anciano que solían encontrarse en El Socialista, vendiendo puñados de cacahuetes en riguroso silencio, sin apenas levantar los ojos de la mesa, como si fuera la figura de un retablo.

—Bueno —les dijo visiblemente afectado—, yo me voy.

Llamó a *Bruma*, que estaba olisqueando los árboles, y se despidió de sus amigas.

—Chao —le dijo Alba, que a estas alturas, viendo a Lázaro tan cabizbajo, dudaba si había hecho bien en contarle aquella historia, en hacerlo al menos con aquella rabia apenas disimulada hacia su abuelo, al que en el fondo de su corazón también juzgaba culpable.

Lázaro les respondió con una sonrisa delicada, casi mágica, y le vieron alejarse junto a *Bruma* por una de las calles. Él, tan espigado y pálido; y *Bruma*, tan pequeña y oscura. Formaban una pareja especial. Daban ganas de ponerte a sacarles fotos allí mismo, y presentarlas a uno de esos concursos de fotos artísticas donde todo tiene que ser descabalado, triste y brumoso.

Lázaro, mientras tanto, no podía dejar de pensar

en lo que Alba acababa de contarle del señor Luciano, ni en la mirada que había puesto Amalia cuando habían mentado a su abuelo, como si también él fuera culpable de algo.

A Niña Susana se la había encontrado la tarde anterior. Iba de paseo con *Bruma*, cerca de los baños, y la vio apoyada contra la pared. Estaba muy pálida, y había en su rostro una expresión de locura. Debía de haber tomado algo, porque tenía los ojos hinchados y hablaba con suma dificultad.

—Hola, Lazarín —le dijo con una sonrisa forzada. Que era como si le doliera algo y estuviera disimulando ese dolor.

Le llamaba Lazarín, porque Lázaro le parecía muy serio. Decía que cuando le llamaban así se lo imaginaba saliendo de la tumba, cubierto de vendas hasta las orejas, como el Lázaro de los Evangelios.

—Ayúdame —murmuró.

Lázaro la ayudó a llegar hasta un banco. No le fue fácil, pues Niña Susana apenas se mantenía en pie.

—No sé lo que me pasa —le dijo.

Y enseguida, volviendo los ojos hacia él, añadió:

—¿A que tú sí me quieres?

Lázaro sonrió avergonzado.

—*Bruma* y tú sois mis únicos amigos.

Bruma se había puesto a lamerle las manos, y ella la dejaba hacer porque no era de esas personas a las que les dan asco las babas de los perros. Niña Susana tenía el pelo más negro que Lázaro había visto nunca, un pelo que ahora contrastaba con la palidez enfermiza, casi sobrenatural, de su rostro, como si toda la fuerza que alguna vez hubo en su cuerpo se hubiera concentrado en él.

Aún la veía allí, sentada en aquel banco, mirando a su alrededor con aquella expresión dolorida y desorbitada, como si se hubiera equivocado en todo. Eso decía su abuelo, que había personas a las que todo les salía mal, y que Niña Susana era de ellas. ¿Quién podía saber por qué? Tal vez porque siempre andaba detrás de quimeras. Pero esto, claro, era una suposición, porque no se sabía lo que andaba buscando. Ni ella misma lo sabía. Eso decía su abuelo. Todos buscábamos algo, algo que teníamos que robar a los demás. Los pájaros robaban hormigas; los conejos, hojas de verdura; los enamorados, los corazones de las personas a las que amaban. Y por eso había que dar algo a cambio, devolver una parte al menos de lo que te habías quedado. Los pájaros y los conejos nos daban su alegría; los ríos, las lluvias y la niebla; y los enamorados, los niños.

Y añadió con una sonrisa:

—Ya sabes, regalar cosas... La obsesión de tu abuela.

—Y la de mamá —se aprestó a decir Lázaro, a quien esa costumbre de su madre, que la última vez había dado a una familia de desarrapados toda la comida que tenían, le infundía una gran ansiedad.

¿Por qué era tan complicado todo?, se preguntaba. Estaba enfilando una de las calles de regreso a su casa cuando se encontró con Toñín, que tiraba de su sempiterno carrito de gaseosas. El suelo era de adoquines mal ajustados y las gaseosas, al vibrar con el movimiento, chocaban unas con otras produciendo un ruido de escándalo. Lázaro le saludó con la mano. Cuando ya le había dejado atrás se volvió para ver. Toñín estaba detenido en el centro de la calle mirándoles fijamente. Miraba sobre todo a *Bruma* , que estaba unos metros a la derecha. Luego le vio santiguarse repetidas veces, coger el carrito y continuar su marcha a gran velocidad. De vez en cuando se volvía y se les quedaba mirando con cara de susto.

—*Brumita* —murmuró Lázaro dirigiéndose a su perra, que no se separaba de su lado. Lázaro utilizaba aquel diminutivo cuando se sentía triste y quería encontrar en ella el tímido consuelo del cariño—. Yo creo que todos estamos perdiendo la razón.

Al llegar a casa, lo primero que hizo fue sentarse en las escaleras y ponerse a abrazar a su perra.

—Tú sí que eres feliz —le dijo.

¿O no era verdad, y por eso tenía siempre aquella expresión de susto? Se la quedó mirando. No, su expresión no era de felicidad. Vivía llena de temores extraños, indefinibles, el menor ruido la hacía escapar al instante. Y se acordó del verano pasado, cuando sin causa justificada le dio por no entrar en la cocina, porque era como si hubiera visto algo extraño y se sintiera amenazada. Además en sus ojos había una expresión casi humana. Como si también ella le estuviera preguntado: «¿Sabes tú por qué estoy aquí?».

—Te gusta, ¿verdad? —murmuró Lázaro, que se había puesto a acariciarle el vientre. Pero enseguida dejó de hacerlo, porque no tenía ganas de jugar. *Bruma* se incorporó y se le quedó mirando en silencio, con una expresión de sorpresa. A Lázaro le parecía que no había en la tierra nadie más desgraciado que él.

Cuando llegó a casa, su abuelo le estaba esperando desde hacía rato para cenar.

—Empezaba a estar preocupado —le dijo.

Lázaro se fijó en que tenía mal aspecto. Los pelos revueltos, los ojos con una luz extraña, intensa, pero llena de ansiedad y zozobra. La luz de lo que brillaba en lo oscuro.

Fueron a la cocina. El suelo estaba lleno de fragmentos de loza.

—Son platos —le dijo el abuelo—. Se me han caído al poner la mesa. Iba a recogerlos ahora.

Hizo ademán de agacharse para hacerlo, pero Lázaro se le anticipó.

—Déjame a mí.

Recogió los trozos y se sentó a su lado en la mesa. Su abuelo le miraba con una expresión de sumo cariño. Parecía muy cansado.

Se creyó en el deber de justificarse.

—Me he mareado hace poco. Pero ya estoy bien.

Se pusieron a cenar. Lázaro guardaba silencio. No se atrevía a levantar los ojos del plato por temor a que a su abuelo le bastara mirar en ellos para descubrir sus pensamientos. Esos pensamientos que no quería reconocer como suyos, porque se habían vuelto contra aquel que, con su madre, era la persona en el mundo a la que más quería.

El abuelo se dio cuenta y le preguntó dónde había estado.

—En la tienda de Amalia.

—¿Estaba Alba?

Lázaro le dijo que sí, al tiempo que se ponía a toser. Se había atragantado con una cucharada de sopa.

—No sé. Esa chica está rara. Acabo de encontrarme con ella, y apenas me ha dirigido la palabra. Es como si estuviera ofendida por algo.

Lázaro cambió de conversación bruscamente.

—Ayer estuve con Niña Susana. Casi no se tenía en pie.

—Sí —dijo el abuelo—, la pobre está muy mal. Y lo peor es que no podemos hacer nada.

—Algunos se aprovechan.

Se hizo un silencio tenso entre los dos.

—¿Qué quieres decir?

Lázaro se dio cuenta de que ya no podía dar marcha atrás, y que más le valía contárselo todo cuanto antes. También de que las consecuencias de hacerlo eran imprevisibles. Como echarse a andar en la oscuridad de la noche, sin ninguna luz que le sirviera de referencia, sin un destino concreto, sólo por escapar cuanto antes.

Y le habló de Niña Susana, de todo lo que el Pelao la obligaba a hacer, y de los asuntos oscuros en que estaban metidos por culpa de las drogas. También de sus visitas al señor Luciano.

—No me digas que no lo sabías.

El abuelo se le quedó mirando sin responder, lo que Lázaro interpretó como una afirmación. Se levantó bruscamente y le dijo que se iba a su cuarto. Todos sus temores se habían confirmado, y ya nada podría volver a ser igual entre ellos, porque no podría mirar a su abuelo a la cara sin avergonzarse. Sintió ruidos en la cocina y los pasos de su abuelo por el pasillo. Al momento se había detenido ante su puerta.

—¿Se puede? —murmuró asomando la cabeza.

Lázaro asintió, y el abuelo entró en su cuarto y se sentó en el borde de la cama. Lázaro le dejó sitio y el abuelo se tumbó a su lado. Había estado haciendo eso mismo durante años, porque se lo pedía él. Tenía que pasarse por su habitación y tumbarse a su lado para que pudiera conciliar el sueño. Hablaban un rato, y luego el abuelo se iba a dormir. *Bruma* aprovechaba para subirse ella también, de forma que se amontonaban los tres en aquella cama demasiado estrecha, como si fuera una barca y sólo tuvieran aquel pequeño espacio para vivir en medio de la oscuridad.

—El otro día me pediste que te contara la historia del cordero que tuvimos durante la guerra. Por cierto, ¿quién te habló de ello, Luciano o Ramón?

Lázaro sintió una profunda incomodidad al escuchar el nombre del señor Luciano.

—El señor Ramón —le dijo.

—Ah, está bien... Claro, yo pensaba... Pero, en fin, es una historia que te va a extrañar, que te va a dejar turulato. A lo mejor cuando termines de escucharla piensas que somos una panda de psicópatas.

Lázaro le miró de reojo y vio que su abuelo, al decir aquello, se había puesto a sonreír. Hablaba mirando al techo y su rostro se había animado, como le sucedía siempre que empezaba a contarle algo. Como si las palabras dejaran en él un polvo luminoso, y su rostro, la piel de su rostro y de sus manos se fueran iluminando al tiempo que las iba diciendo.

7

—Aquella historia —empezó a contar— también tuvo lugar durante la guerra. Fue una época muy dura, pues nuestro batallón se desplazó de Brunete al Jarama, y nos vimos envueltos en refriegas espantosas. No teníamos ni un solo momento de paz. Una tarde encontramos aquel corderito en el campo, como una aparición. Blanco como el cordero Pascual. Te quedabas mirándolo —continuó el abuelo, al tiempo que volvía su cabeza y buscaba los ojos de Lázaro— y veías los ojos de Nuestro Señor. Era casi un recién nacido y comprendimos que estaba buscando a su madre. Pocos metros más allá encontramos el cuerpo de la madre destrozado por un obús y decidimos llevárnoslo al batallón. Empezamos a ocuparnos de él como si fuera un niño de teta. Le dábamos leche con un biberón que fabricamos con una botella de gaseosa, poniendo trapos en vez de tetina, trapos que al volcar la botella se empapaban de leche y que él chupaba con tantas fuerzas que en más de una ocasión estuvo a punto de tragárselos enteros. Pues bien, le dábamos leche, le cepillábamos la lana y corría libremente por nuestro dormitorio, pasando de litera en litera, pues no había nadie que no se sintiera conmovido por su presencia, que hasta el capitán mismo, que al principio nos dijo que no lo podíamos tener con nosotros, no sólo terminó por hacer la vista gorda sino que él mismo era el primero en ir a verle y en querer cogerle en sus brazos. Te lo juro, era algo que tenías que ver para creértelo. Cuarenta tiarrones que habían visto y hecho las cosas peores, pues la guerra es así de cruel, peleándose por coger a aquel animal y por estrecharlo unos segundos contra su pecho. Porque puede que los hombres sean en casi todo peores que las mujeres, pero conservan mejor el niño loco que fueron. ¿Quién sabe por qué?... Tal vez porque ellos no han recibido el encargo de cuidar a los niños que nacen y, al contrario que las mujeres, que sí lo tienen que hacer, pueden permitirse el lujo de seguir siendo irresponsables y presuntuosos. El caso es que aquel cordero pronto empezó a crecer y a hacerse fuerte. Era poco menos que un cordero acróbata, capaz de subirse a las literas y hasta de ejecutar saltos prodigiosos, como si tuviera en sus venas sangre de cabra, y se transformó en nuestra mascota. Lo llevábamos con nosotros hasta en los desfiles, y habríamos sido capaces de cualquier cosa para protegerlo, puede que porque viéramos en él la imagen de nuestro propio desamparo, y ampararle fuera como estar pidiendo sin saberlo una protección que tampoco nosotros teníamos. ¿Y sabes lo que pienso? Que si el alma existe, sólo puede ser como aquel corderito alocado, trepador, que recibimos como un regalo misterioso. Un corderito del que nos tuvimos que hacer cargo sin que en el fondo nos sirviera para nada, salvo para andar detrás mirando las locuras que hacía, pues en ningún sitio podía estar conforme ni podía quedarse un solo segundo quieto. Y entonces pasó una cosa que enseguida te voy a contar, una cosa que todavía no acierto a explicarme bien. Volvimos al frente y el cordero se vino con nosotros. Llegaba a bajar a las trincheras, pues nos seguía ciegamente a todos los sitios. Pero ya te he hablado de lo ágil que era y de cómo solía escurrirse por donde menos te lo esperabas. El caso es que una tarde, en medio de un intenso fuego cruzado en el que apenas nos atrevíamos a asomar las orejas por encima de los sacos protectores, uno de nosotros empezó a hacer gestos pidiéndonos que miraramos en determinada dirección. Los pelos se nos pusieron de punta, porque el cordero estaba a veinte metros de la trinchera. Era algo que no te podías creer, los obuses cayendo a escasos metros, el fuego denso de disparos silbando en todas las direcciones, y mientras nosotros permanecíamos agazapados en aquel agujero inmundo, cagándonos por la pata abajo, el cordero estaba paciendo en la hierba como si nada de aquello tuviera que ver con él. No sé cómo nos las arreglamos, pero el caso es que lo trajimos de vuelta sin un solo rasguño. Aunque dos o tres días después volviera a escaparse y la escena se repitiera en medio del asombro y el pavor general. Que al cordero, cuando le llegaba la hora de la comida, había que dejarle irse a su aire y ése era su sitio preferido, un pequeño recodo en el que había un arroyo lleno de flores, ¿cómo se llaman?... esparcetas, unas flores diminutas, preciosas, de color morado, que vuelven locas a las ovejas. Y era un caso verle allí, porque por más que cayeran bombas y volaran disparos, que los sacos de arena reventaban como vejigas ante nuestras mismas narices, él continuaba tan pancho dedicado a esa sola tarea, la de coger las flores pequeñas con sus recién estrenados dientes e ir comiéndoselas de la manera más apacible, que entonces empezó a mudar de carácter y a volverse más tranquilo, que era como si la leche le diera una energía y una locura que no le daban las hierbas del campo. Y empezamos a llamarle el cordero Pascual, que en la Biblia es el símbolo de Nuestro Señor, porque significa la pureza, la inocencia, la mansedumbre y el inmerecido sacrificio. Éstas son cosas que ahora no sabéis, pero que antes conocíamos al dedillo, aunque no fuéramos unos beatos. Porque entonces la religión formaba parte de nuestra vida y, a pesar de que la mayoría de los curas se habían puesto del otro bando, traicionando a los pobres, todas aquellas historias, las historias del Génesis, de la Tierra Prometida, del Pueblo Elegido, la historia de Tobías, la de Raquel, y la de María, seguían alegrando nuestro corazón y nos ayudaban en las horas amargas. Y te voy a decir una cosa. No es verdad que estas historias no sean alegres, son los jodidos curas los que las hacen tristes, porque las utilizan para amenazar. Y a nosotros el cordero nos parecía que venía de ese mundo, del mismo mundo y de las mismas llanuras peladas donde la burra de Balaán había visto al ángel y en que Agar e Ismael habían encontrado el pozo del milagro.

Y haciendo una breve pausa, en que se volvió hacia él y se le quedó mirando, le dijo:

—También del mismo mundo en que los servidores del rey David buscaron a una muchacha para que le calentara la cama, porque él estaba viejo y cansado, y en su cuerpo ya no tenía energías para hacerlo. Fue cuando vieron a la sunamita y le mandaron recado de que fuera al palacio, porque pensaban que nadie como ella podría cumplir con aquella misteriosa función. Y a la muchacha no sólo no le molestó sino que lo hizo encantada, porque su rey era un hombre justo y sabía que la vejez no es nada sin ese frágil alimento que sólo un cuerpo joven puede ofrecerle en las horas de su desolación. Pues bien, de todas esas historias, de ese mismo mundo, venía nuestro cordero, y por eso nos parecía un milagro y pensábamos que mientras estuviera con nosotros estaríamos a salvo. Y era tan de verdad un milagro que hasta al menos por tres veces el fuego se detuvo, que de pronto eran los del otro bando los que dejaban de disparar y nos decían a gritos que el cordero estaba de nuevo allí y que corriéramos a buscarlo, no fuera que uno de los disparos lo hiriera. Y se detenía el fuego por completo y todos nos levantábamos para ver cómo uno de los nuestros salía de la trinchera e iba a por Pascual, que estaba pastando a orillas del arroyo, ajeno al horror y al peligro, y cómo los nacionales hacían lo mismo y gritaban y aplaudían cuando por fin lográbamos cogerlo para traerlo de vuelta. Y luego era distinto, porque ya no tirabas a dar sino al suelo o al aire, porque habías visto los ojos a los que tenías enfrente y te habías dado cuenta de que eran como tú y de que tampoco ellos deseaban herirte o hacerte daño, que si la decisión sobre continuar o no con aquella guerra nos la hubieran dejado a nosotros, en ese mismo momento habría podido darse por terminada, que todo lo que queríamos era salir de aquellas trincheras pestilentes, desembarazarnos de los fusiles y correr a abrazarnos. Y entonces llegó la apoteosis. Debieron de comunicar nuestra posición por radio y empezaron a atacarnos desde el aire, que toda una escuadrilla de bombardeos se puso a planear por encima y a arrojarnos toda la mierda que podían. En pocos minutos el lugar se transformó en un infierno, que era como si la tierra entera estuviera reventando a nuestro alrededor. Entonces uno de nosotros señaló hacia el arroyo y empezó a gritar como loco. Volvimos para allí la cabeza y nadie que haya visto aquello podrá olvidarlo nunca, porque Pascual había vuelto a escaparse y estaba pastando tan campante en su lugar predilecto mientras las bombas estallaban a su alrededor. Y también nosotros nos pusimos a hacer lo mismo, a saltar y a dar brincos como si las bombas, igual que pasaba con él, no pudieran hacernos daño, o como si no nos importara lo más mínimo que nos cayeran encima y nos reventaran la cabeza, porque estábamos hartos de estar metidos en aquella zanja de mierda. Así estuvimos hasta que se acabó el bombardeo y, levantando la bandera de tregua, salimos corriendo en busca de Pascual. Los nacionales hicieron lo mismo, que también lo habían visto todo y no estaban menos conmovidos que nosotros. El caso es que llegamos al lugar, que estaba agujereado como un queso, y allí estaba Pascual. Intacto, tranquilo, ajeno a lo que estaba pasando, dedicado a esa tarea absorbente, la de seguir comiendo hierbas y florecitas. Y alguien dijo: «Esto no parece real», y ya tres o cuatro se habían puesto a llorar, cuando el capitán de los nacionales sacó su pistola y disparó varias veces junto a Pascual, que ni siquiera se inmutó. «Ése es el misterio —dijo riéndose a carcajadas, mientras se enfundaba la pistola en el cinto—, este cordero es sordo como una tapia.» Otros hicieron lo mismo y empezaron a dispararle alrededor, pero Pascual siguió comiendo como si nada. Y a todos nos dio la risa, que era cosa de ver la cara que se nos había puesto al descubrir que todo lo que ocurría era que Pascual estaba sordo por completo y ésa era la razón de que no tuviera miedo a las bombas ni a los disparos. ¿Y eso le hacía menos hermoso? No, porque siempre que esto volvía a suceder, y al mirar por encima de los sacos de arena que nos defendían, veíamos a Pascual pastando en la hierba, nos parecía que se daba cuenta de todo, y que al quedarse allí nos estaba diciendo: «Lo sé, lo sé... pero ¿podemos hacer otra cosa?». Como si la vida fuera siempre así, estar en un campo de minas fingiendo que no te importaba, tratando de olvidar que cualquier gesto, hasta el más insignificante, podía activar la bomba que acabaría contigo. Eso era lo que a su manera aquel cordero nos estaba diciendo: «Es todo lo que podemos hacer». Y un día llegó la hora del rancho, y las patatas habituales tenían un sabor delicioso y nadaban en ellas pequeños trozos de carne, y todos nos quedamos mirando a aquel cocinero tan simpático, un extremeño, creo que de Zafra, que se llamaba Ángel, y alguien le preguntó la receta. «Joder, están deliciosas, estas patatas están como Dios.» Y Ángel se echó a reír y todos hicimos lo mismo y de pronto nos dijo: «No me extraña, porque nos estamos comiendo a Pascual». Todos nos quedamos mirando nuestros platos y alguien comentó: «Hostias, esto es carne de cordero». Y Ángel movió la cabeza afirmando. «Anda, no jodas —le dijimos—, no me digas que te lo has cargado.» Y nos pusimos a llamarle, «Pascual, Pascual...», a buscarle por todos los sitios, hasta que vimos su piel puesta a secar sobre una de las piedras. Un segoviano se le echó encima. «¿Pero qué has hecho?», exclamó cogiéndole por el cuello. «Sólo daros de comer», le contestó Ángel el cocinero. Y el segoviano se le quedó mirando sin saber si tenía que soltarle o sacar la pistola de su cinto y pegarle un tiro allí mismo. Hasta que uno dijo: «Pues es verdad, qué coño; además las patatas están de muerte». Y el segoviano soltó a Ángel, nos sentamos y repetimos varias veces hasta que la olla quedó completamente vacía. Y era muy extraño, porque tan pronto nos daba por reír como por llorar y nos poníamos a recordar cosas, cuando habíamos amamantado a Pascual, cuando saltaba por las literas, o en el frente, cuando las bombas estallaban a su lado sin que él se inmutara. «Joder, Pascual, vaya hijos de puta que somos, te estamos comiendo», decía uno. «Y la verdad es que sabes a gloria», añadía otro. Y a todos se nos caían las lágrimas de tanto reír, porque no era que no nos diera pena ni que fuéramos unos desalmados, pero

¿acaso podíamos hacer otra cosa? No, porque él era un cordero y nosotros hombres, y los hombres siempre se han comido a los corderos, y mucho más si llevan tiempo sin ver la carne ni cosa alguna que dé sustancia a lo que se comen, que no sólo nos gusta atiborrarnos y llenarnos la panza sino sentir el sabor de las cosas, ver a qué saben, y probar todo cuanto existe, que muchas veces hasta nos sorprendemos metiendo piedras, madera y hasta las puntas de las herraduras en la boca para cogerles el gusto. Además ¿acaso nuestro mismo Señor no había aceptado que se sacrificaran corderos en su nombre? Era así desde que el mundo era mundo. Y eso era lo que pasaba, que las cosas no eran de un solo color sino de muchos colores distintos. Podían ser, por ejemplo, tristes y hermosas, que bien podía suceder que te dieran a la vez alegrías y penas, y que todo dependiera de cómo estuvieras mirándolas. Y aquel momento era así, triste porque Pascual había sido sacrificado, y alegre porque estábamos comiendo cordero después de meses de alimentarnos sólo de gachas y alubias, sin ver un solo pedazo de carne. ¿Pero no era eso lo que habíamos hecho siempre?, ¿lo que habían hecho todos los hombres del mundo? Comerse los animales, los corderos, las gallinas, las vacas, y hasta los cangrejos del río, los caracoles y los lagartos, que los hombres se comían todo lo que pillaban, porque el hambre no se pasaba nunca, y cuando ya la creían aplacada, volvían a tenerla de nuevo y tenían que empezar otra vez. Una boca llena de dientes y un gran estómago que todo lo digería, eso éramos los hombres, y seguro que hasta el propio Noé en el Arca bien aprovecharía para comerse alguna que otra cría de las que fueran naciendo, robársela a escondidas a sus madres y llevársela a la cazuela, que en eso no teníamos remedio, y lo que está claro es que no se alimentó sólo de berenjenas, tomates y pepinos. ¿Cómo iba a ser así, si tenía a su alcance la mejor despensa de la tierra?

Lázaro se quedó mirando a su abuelo, que al decir esto se había puesto a sonreír. También él lo hizo, aunque en ese momento se volviera el abuelo y, al encontrarse sus miradas, los dos se pusieran serios.

—Qué barbaridades estoy diciendo, ¿verdad? Pero es que creo que las cosas son siempre así. Ni buenas ni malas. O, mejor dicho, ni enteramente buenas, ni enteramente malas. El corazón del hombre es un lugar lleno de secretos, como la selva.

Se quedó callado unos instantes. Luego le dijo que él no sabía nada de aquella historia. Nada de la Niña Susana, ni de aquellas visitas. Pero era amigo de Luciano, lo había sido toda la vida, y confiaba en él. Y de una cosa estaba seguro, de que si era verdad que le visitaba, en ningún otro lugar del pueblo Niña Susana se iba a encontrar mejor. Seguro que la trataba como hacía con las Gigantas, porque Niña Susana era como Pascual, que tampoco oía las bombas que caían a su alrededor. Y Luciano, como el rey David, que seguro que cuando la sunamita se acostaba en su lecho para calentárselo, el rey David se acordaba de los tiempos en que había sido pastor, y en las noches más frías se acercaba a las ovejas para refugiarse en su calor, ya que sólo conociendo su vida entera se puede llegar a entender la conducta de un hombre.

El abuelo se había incorporado al decir aquello y, algo vacilante, se inclinó sobre Lázaro y le besó en la frente.

—Te has hecho mayor —murmuró con una expresión de sorpresa.

Lázaro, efectivamente, había dado un gran estirón en ese último año, y sus pies llegaban hasta el final de la cama. Ya no era el niño que todos los veranos se pasaba unos días por el pueblo y de quien él tenía que ocuparse, sino un hombre hecho y derecho que apenas cabía en el colchón.

—Crecemos demasiado. Siempre he pensado que los hombres no deberíamos pasar del metro de estatura.

Y añadió:

—Que todo lo demás fuera igual, las plantas, los animales... Pero que nosotros no fuéramos más altos que las mesas. ¿Te imaginas qué guapos serían los recién nacidos? Cabrían en la cesta del pan.

Bruma se incorporó velozmente buscando también su ración de caricias.

—Bueno —murmuró—, también los perros tendrían que disminuir un poco, en la misma proporción que nosotros.

El abuelo le estuvo acariciando las orejas, y *Bruma* se las sacudió con fuerza, haciéndolas sonar a un lado y a otro como si fueran trozos de cuero, mientras su amo le deseaba las buenas noches.

Al poco rato, Lázaro sintió ruidos en la habitación de su abuelo. Se levantó inquieto y, al abrir la puerta, vio a éste arrodillado ante la cama. Le pasaba algo, porque no podía levantarse.

—Enseguida se me pasa —le dijo—. Me ha sucedido otras veces, de pronto me quedo sin fuerzas.

Lázaro le ayudó a levantarse y a ponerse el pijama. Le sorprendió lo delgado que estaba. En pocos meses se había quedado sin músculos, y sus huesos se adivinaban a través de la piel casi transparente, leves y delicados, como los de los pájaros.

—Sí, ya lo sé —le dijo extendiendo sus brazos, tan delgados que daban risa—. Estoy hecho una lástima. Pero no sé por qué, si en estos momentos sonara la música, me pondría a bailar. Me gustaría que fuera con tu abuela. Que ella estuviera aquí y poder pasarnos el resto de la noche bailando alrededor de la cama, como hacíamos cuando éramos jóvenes.

Y, después de una larga pausa, en que permaneció absorto en la negra ventana, añadió:

—Es curioso, muchas noches cierro los ojos y me parece que tu abuela entra de nuevo en el cuarto y me toma de la mano para llevarme a la cama. Es muy joven y guapa, como en el tiempo en que nos conocimos. Pero luego busco mi rostro en el espejo y descubro que sólo soy un anciano solitario, y me pregunto cómo ha podido sucederme algo así.

8

Al día siguiente Lázaro tuvo que ir a la otra punta del pueblo a conseguir una placa de cola de carpintero y, a la vuelta, coincidió con Sócrates. Estaba en la puerta de su casa y se acercó para saludarle.

—Hola, Sócrates.

Bruma iba a su lado y Sócrates le acarició la cabeza. Lo hizo cogiéndole de las orejas y tirando de ellas cariñosamente, como si quisiera estirárselas. Luego, les hizo entrar en su casa. Había extraído el motor a un coche abandonado y acababa de desarmarlo en la cocina. Las piezas permanecían desperdigadas por el fregadero, que estaba manchado de grasa negra.

—¿Qué vas a hacer con ellas? —le preguntó Lázaro señalándole las piezas.

—Las vendo —le dijo.

Sócrates le ofreció un refresco, pero Lázaro negó con la cabeza.

—Tengo que irme —le dijo.

—Espera —le dijo Sócrates limpiándose las manos con un paño—, que te acompaño un poco.

Lázaro se quedó solo. Por la ventana veía el pequeño patio de la casa, desolado, sin una sola planta, por el que pululaban cuatro gallinas desarrapadas. Los tíos de Sócrates eran vendedores ambulantes y apenas paraban en la casa, que producía una impresión de tristeza y de provisionalidad. Las bombillas colgaban desnudas de sus cables y las paredes estaban vacías, sin un solo adorno. Sócrates vivía la mayor parte del tiempo solo y se hacía él mismo la comida. No parecía importarle el aspecto desolado de aquellos cuartos. Era como esos animales que se cuelan en las casas de los hombres y enseguida montan en ellas sus guaridas. ¿Quién podía saber lo que veían allí? A lo mejor un bosque o un campo sembrado. Se fijó en las piezas desperdigadas y se preguntó cuál sería la casa que Sócrates tenía dibujada en su cabeza. Puede que la sala de calderas de un barco.

Sócrates regresó poco después vestido con traje, y con el pelo repeinado hacia atrás.

—Ya he cargado el motor —le dijo, poniendo una expresión interesante.

Salieron los tres juntos. *Bruma* y Lázaro por la acera, y Sócrates unos pasos atrás, con las manos en los bolsillos y la mirada aguzada y presta. Parecía que les fuera protegiendo. Empezaron a llamarles desde un solar. Eran unos parientes del Pelao.

—Eh, Al Capone, ¿qué tal va el negocio del whisky?

Habían pasado hacía poco por televisión una película sobre los tiempos de la Ley Seca y la noche de San

Valentín, y desde entonces el Pelao le llamaba Al Capone. Uno de ellos se puso a imitar a Sócrates, sus andares, su manera de mover los brazos y de mirar las cosas, como hacían los pájaros.

—No hagas caso —le dijo Lázaro.

Siguieron su marcha. Sócrates tenía prietas las mandíbulas y una expresión de extrema gravedad en el rostro.

—Un día me la van a pagar, te lo juro.

Cogieron el camino del río. Lázaro vio cómo Sócrates se asomaba al puente para ver si Niña Susana andaba por allí. Pero no había nadie. Hacía calor y la luz era muy fuerte. El cauce del río brillaba de una forma cegadora. Si tiraban una piedra, desaparecería en esa luz.

El rostro de Sócrates seguía ensombrecido y Lázaro se dio cuenta de que no hablaba en broma y de que el Pelao y él tendrían que enfrentarse alguna vez, porque lo llevaban escrito en la cara. Y que cuando ese momento llegara, lo harían hasta el final, como hacían los animales en sus dominios, que sólo cuando uno se retiraba el otro se quedaba tranquilo.

—Mira —dijo Sócrates, señalándole un montón de cajas. Estaban junto a un depósito de agua, y se acercaron a verlas. Las había de madera y de cartón, y estaban prácticamente nuevas.

—Seguro que son de Gumer —dijo Sócrates.

Gumer había puesto una tienda, ELECTRODOMÉSTICOS GUMER, y aquellas cajas eran el embalaje de las neveras y lavadoras que vendía.

—El cabrón se está forrando.

Lázaro vio cómo Sócrates apartaba las cajas de madera. Luego empezó a desprender las tablas.

—¿Qué haces? —le preguntó.

—Vamos a hacer una hoguera.

Le estuvo ayudando, pero se dio cuenta de que se estaba haciendo tarde y se despidió.

—Bueno, yo me voy —le dijo.

Sócrates apenas le hizo caso, pues tenía los ojos fijos en el fuego naciente. Las llamas trepaban por las tablas blancas como cuerpos alocados de animales aéreos. «Desarmar y hacer fogatas», con esta frase resumía Sócrates las inclinaciones de su vida.

Lázaro llevó a El Socialista la cola de carpintero.

—Cuando venga mi abuelo —le dijo al señor Ramón—, se lo da de mi parte.

Al salir volvió la cabeza hacia la mesa del señor Luciano, que solía llegar más tarde. Era de mármol, y se adivinaba en su centro el lugar de los cacahuetes. Llevaba años poniéndolos en el mismo sitio y habían terminado por producir una mancha amarilla. En las paredes había varias fotos. Una de ellas de un equipo de fútbol.

—Tu abuelo es el del centro —le dijo el señor Ramón, que reparó en cómo se fijaba en la foto.

Lázaro se acercó para percibir mejor los detalles. Su abuelo tenía guantes y rodilleras, y estaba muy guapo con aquella expresión tan suya, entre confiada y presuntuosa, como si estuviera diciendo: «Puedo parar hasta los penaltis». No parecía un equipo de pueblo, sino uno de verdad, dispuesto a participar en alguna competición internacional.

El señor Ramón había abandonado el mostrador y estaba a su lado contemplando la fotografía.

—Era un tío guapo, ¿verdad? Se llevaba a las chicas de calle.

Y señalando con el dedo a uno de los jugadores, pequeño y vigoroso, que llevaba una visera, dijo con una sonrisa:

—Y éste de aquí soy yo.

También había un negro.

—¿Y éste? —le preguntó Lázaro.

El señor Ramón se echó a reír.

—Luciano se inventaba las cosas. No me digas cómo. Te hacía una foto, se metía en su laboratorio y volvía con las cosas cambiadas. Fíjate aquí —le dijo.

Era increíble. Una de las gradas estaba llena de avestruces. Los espectadores eran avestruces.

—Parece que no mata una mosca, pero es peor que el Pastelero de Madrigal.

Lázaro se despidió del señor Ramón y se dirigió a la tienda de Amalia. Pero Amalia y Alba habían salido.

—Están en el Instituto —le dijo su madre—, ensayando la obra.

Lázaro fue a buscarlas. *Bruma* vio a un perro por el camino, y los dos se quedaron mirándose. Pero no debió de encontrar nada interesante en él, porque enseguida acomodó su paso al de Lázaro sin demostrar mayor interés.

A la entrada del Instituto, Lázaro vio a un chico que conocía. Alba y sus amigas le llamaban Macho Men, aunque no sabía por qué. Le preguntó si las había visto.

—Están en el gimnasio —le dijo, señalándole con la mano un pabellón al fondo del patio.

Y, en efecto, sus amigas estaban allí. Ensayaban una obra para las fiestas del pueblo. Lázaro y *Bruma* se colaron silenciosamente y se sentaron en el suelo. Alba le había hablado de aquella función. Iban a representar *La tempestad* , la obra preferida de su abuela danesa. La había escrito William Shakespeare, que, con Cervantes, según su abuelo, eran los más grandes escritores que habían existido nunca. Y lo más curioso es que los dos habían muerto el mismo día del mismo año. *La tempestad* se desarrollaba en una isla. Amalia hacía de Miranda, una chica que se había criado lejos del mundo y que nunca había visto ningún rostro humano salvo el de su padre, que era un mago que se llamaba Próspero. Pero cerca de allí tuvo lugar un naufragio y Fernando, el hijo del rey de Nápoles, fue arrastrado por las olas hasta la isla. Miranda le halló inconsciente en la playa y se enamoró de él nada más verle.

En la escena que estaban ensayando intervenía Ariel, que era un espíritu benigno al que Próspero, el padre de Miranda, había liberado de un hechizo al llegar a la isla. Fue él quien levantó la tempestad para que el barco del rey de Nápoles naufragara. Fernando acababa de despertar en la playa pensando que todos se habían ahogado, y Ariel volaba invisible a su alrededor susurrando una canción muy bonita y misteriosa.

Tu padre yace enterrado bajo cinco brazas de agua;
se ha hecho coral con sus huesos;

y los que eran ojos son perlas.
Nada de él se ha dispersado,
sino que todo ha sufrido la transformación del mar
en algo rico y extraño.

Era Alba la que hacía ese papel, mientras que Marieli, también disfrazada de hombre, interpretaba a uno de los marineros. Amalia, Alba y Marieli recitaban sus textos con mucha convicción, como si aquellas palabras les pertenecieran de verdad.

—¿Te imaginas lo que tiene que ser? —dijo Amalia.

Al terminar el ensayo, decidieron dar un paseo por la chopera del río en compañía de Lázaro y de *Bruma* . Se encontraron frente al Monasterio con unos compañeros de clase. Les invitaron a acompañarles, pero ellas se disculparon porque les apetecía estar solas.

En el río se pusieron a hablar de la función. Se pasaban el día memorizando los largos fragmentos. Cualquier momento era bueno para decirlos en alto. Silvia vivía bajo la obsesión de irse a quedar muda cuando en el escenario tuviera que recitar su papel.

—¿Te imaginas lo que tiene que ser? —repitió Amalia—. Haber vivido siempre aislada y, de pronto, encontrarte con el chico más guapo del mundo dormidito en la playa como un lechón.

—Suponiendo que te quedaran ganas de algo —le contestó Alba—, porque lo mismo estabas amargada.

—No, Miranda, no —le contestó Amalia poniendo una expresión soñadora. Pensaba que Miranda seguiría manteniendo su fe, pasara lo que pasara, porque representaba la capacidad de amar y de ser amada.

Alba no estaba tan convencida de tener esa misma fe. Desconfiaba del amor, porque había visto el sufrimiento que había causado en su madre, que se había casado muy joven, locamente enamorada, con un vendedor que se presentó un buen día en el pueblo con un coche cargado de pararrayos. Era un hombre corpulento y apuesto, que había viajado alrededor de todo el país y se casó con ella a toda prisa y lleno de entusiasmo, como lo hacía todo. Y que después de sembrar de pararrayos los tejados de todos los pueblos de los alrededores, y de dejarla embarazada, se fue como había venido, sin que nunca más tuvieran noticias suyas. Sin embargo, la madre de Alba no le guardaba rencor, y seguía reaccionando con sobresalto cuando alguien llamaba a la puerta, porque era como si se hubiera ido dejándole un montón de oro puro, el oro puro de los cuentos de hadas, y en el fondo de sí misma siguiera pensando que tenía que volver. ¿Cómo era posible, si no, que hubiera dejado en sus brazos una niña tan guapa?

Por eso Alba, que tantas noches la había oído llorar, no podía dejar de preguntarse si ser amada, amar, ser una mujer, significaba ser alguien como su madre, alguien que había sido abandonada; y por eso en aquella obra su papel preferido era Ariel, que hacía lo que se le antojaba, que no se quedaba en ningún sitio, ni volvía la vista atrás al alejarse.

—Venid —dijo Silvia levantándose bruscamente—, vamos a visitar el árbol de doña Berta.

Alba, Amalia y Marieli la siguieron volando, y Lázaro, aunque no sabía de lo que hablaban, lo hizo poco después. *Bruma* fue más rápida, pues las chicas la excitaban con sus carreras y sus risas.

Se internaron por la chopera siguiendo la vereda del río. Los chopos temblaban en la luz y el aire, como si quisieran decirles algo. Eran muy altos y pasaban a su lado con un leve estremecimiento, como pequeñas criaturas en un país de gigantes. Vieron dos oropéndolas. Estaban en el suelo y, al sentirles, levantaron el vuelo dejando un rastro de inquietud y de oro. Un poco más allá se encontraron con una ardilla. A veces bajaban de los pinares y se acercaban al río a beber. La ardilla escapó veloz por el tronco de un sauce hasta alcanzar una de sus ramas más altas donde se detuvo y se volvió para mirarles, aunque enseguida otra cosa hubiera llamado su atención.

Llegaron a un pequeño recodo. Allí el río se curvaba y la vegetación se hacía más tupida y variada. Lázaro distinguió varios escaramujos cuyas bayas rojas destacaban entre las hojas como pequeñas gemas de coral. Sus amigas se habían detenido un poco más adelante y, cuando Lázaro quiso acercarse adonde estaban ellas, le dieron el alto.

—Tienes que quedarte —le dijeron.

Y cuando vieron que *Bruma* se iba con ellas, Marieli añadió:

—*Bruma* puede venir, porque es cosa de chicas.

Luego le dijeron que aquel era un lugar misterioso. El lugar donde doña Berta, después de descender de la Torre, había visto al pastor. Las chicas del pueblo lo visitaban en secreto y después de poner algo de lo que llevaban consigo en el tronco donde doña Berta, un poco mareada después de su vuelo, había apoyado su mano, cerraban con fuerza los ojos y formulaban un deseo que, con un poco de suerte, se les concedía en los tres días siguientes. No tenían que ser cosas raras ni remotas en el tiempo, sino que pudieran suceder enseguida.

—¿Quién es doña Berta? —preguntó Lázaro, que jamás había oído hablar de ella.

—Luego te lo contamos —le dijo Silvia, acercándose a él y dándole un beso muy gordo y sonoro en la mejilla. Silvia tenía esos arranques. Era algo repentino, que escapaba a su control. Una vez había besado a un burro que se encontraron por la calle y que parecía a punto de morir sepultado bajo una carga de leña.

Lázaro las vio perderse en la espesura. Alba se volvió y le gritó desde allí:

—No te marches, jovencín, que enseguida volvemos.

Lázaro se acordó de la historia que su abuelo le contaba acerca de Noé y su Arca salvadora. De aquel mundo anterior a la llegada del Diluvio en el que no existía la conciencia de la muerte. Ése parecía ser el mundo en el que aún estaban sus amigas. Y se acordó del desmayo que había sufrido su abuelo la noche anterior y de su angustia porque cualquier noche se pudiera morir sin que él pudiera hacer nada para remediarlo. Le pareció que debería ser posible ofrecer cosas, o realizar tareas, para salvar a los que querías. Tener al menos la opción de intentarlo, aunque resultara un fracaso.

Las chicas regresaron poco después. Venían muy serias, pero enseguida se pusieron a reír y a cantar.

Mañana te vas a unir a otro que no soy yo.
Mañana vas a vestir de negro mi corazón.

El viento arremolinaba sus ropas y parecía que de un momento a otro iban a levantar el vuelo delante de sus ojos. También que *Bruma* las seguiría por el aire, agitando sus orejas como si fueran alas. «La perrita Dumbo», pensó Lázaro con una sonrisa. Bajaron a la vega del río. El agua corría con ímpetu, formando pequeñas olas y veloces remolinos junto a los pilares de piedra. Remolinos que descendían a su profundidad llena de secretos. Las chicas continuaban cantando.

Mañana estrenarás el vestido
que tanto deseabas lucir conmigo.
Mañana parecerás bajo el cielo
una paloma blanca que pierde el vuelo.
Mañana —ay amor— te vas a casar con otro,
con otro que no soy yo.

—Avellanas —gritó Amalia de repente, y se pusieron a cogerlas, pues la zona estaba llena de pequeños avellanos. Luego se sentaron muy cerca del agua y empezaron a comerlas. Las cascaban con una piedra.

—Mira —le dijo Alba, señalándole por encima de las copas de los árboles la Torre donde Juana la Loca había estado presa—. Allí arriba vivía doña Berta, que era una dama de la reina. La única a la que le permitían acompañarla en su cautiverio y la única en quien doña Juana confiaba. Porque no es cierto que doña Juana estuviera loca, o no más al menos de lo podamos estarlo nosotras. No más, por ejemplo, que Silvia, que ya ves cómo anda la pobre, y no por eso se nos ocurre tenerla encerrada en una Torre.

Silvia contestó con una sonrisita de circunstancias.

—Muy graciosa. Habló doña Intelecto.

Alba se inclinó sobre ella y le dio un beso.

—Que es una broma, anda, no te enfades.

Alba acercó su mejilla y Silvia le dio otro beso sonoro que enseguida indujo a las demás también a besarse en bromas, que en un momento aquello fue un aluvión de besos y risas, del que *Bruma,* por cierto, no quedó excluida.

—Pues bien —continuó Alba mientras ponía un poco de orden en su pelo después del barullo—, doña Berta era... era como *Bruma* . Guapa, muy viva, con los ojos que se le salían de los párpados porque se le iban detrás de todo lo que veía. Un verdadero tesoro.

Silvia, Amalia y Marieli se sonrieron.

—Y además pasaba una cosa, que doña Juana no sólo no estaba mal de la cabeza, como decían sus enemigos para quitarle el trono, sino que tenía una gran inteligencia. Una mente científica. Diseñaba puentes, presas, instrumentos de cocina. Que según parece fue la inventora de un artefacto muy curioso para acelerar la cocción de los guisos, una especie de antecedente de la olla a presión, y hasta llegó a hacer, en uno de sus viajes por Europa con su marido, una demostración que dejó maravillados a todos los enviados de las cortes vecinas. La olla a presión y la espumadera, porque estaba harta de que los huevos fritos siempre estuvieran llenos de grasa. Pues el caso es que una de sus obsesiones era volar. Había estudiado muchos libros sobre aquel asunto, de los mejores ingenieros de entonces, y tenía una copia de los manuscritos del mismísimo Leonardo da Vinci, ¿sabes quién era?

Lázaro asintió con la cabeza,

—Sí —se le anticipó Amalia—, el que pintó la Gioconda.

Y Amalia, Marieli y Silvia imitaron las tres aquella sonrisa, que les bastaba con mirarse un momento para ponerse de acuerdo en lo que tenían que hacer, como si fueran chicas clonadas.

—Incluso había llegado a intentarlo varias veces, en su juventud. Pues bien, durante su cautiverio volvió a esta vieja idea y diseñó unas alas inspirándose en todos aquellos estudios y ayudada por doña Berta, empezó a construirlas en secreto, con la idea de escapar volando de aquella Torre. Doña Berta bajaba a la cocina y se guardaba bajo la ropa las plumas de las palomas o de los pollos y faisanes que les daban para comer, y poco a poco fueron construyendo en secreto aquellas alas inmensas con las que doña Juana podría escapar de la Torre y reunirse con sus seguidores. Y las alas empezaron a ser tan hermosas que les bastaba con quedarse mirándolas para imaginarse suspendidas en el aire, yendo de un lado para el otro con la libertad de los verderones y de las golondrinas, y para que sus corazones se llenaran de insospechados anhelos. Pero doña Juana era inconstante, y tan pronto podía pasarse horas y noches enteras entregada a la realización de algo como desentenderse de ello sin el menor remordimiento. Y eso le pasó con la idea de volar. Que cuando casi tenían dispuestas las alas, se le cruzó otra idea en la cabeza y las alas dejaron de existir para ella. No así para doña Berta, que había visto crecer día a día su interés por aquel proyecto insensato y que a esas alturas sólo vivía para ver terminadas las alas y poder atárselas a sus hombros para ponerlas a prueba. Y no porque quisiera marcharse, que ella no estaba presa y podría haberlo hecho por la misma puerta, aparte de que jamás habría abandonado a su reina, sino por el hecho mismo de volar, de saltar desde aquella ventana y volar por encima de los árboles, del río, de los campos sembrados de remolacha y de los rebaños de ovejas. Volar por encima de las chimeneas y de los tejados de la casas y de las cuadras hasta posarse suavemente en la tierra, como hacían los pájaros cuando descendían a las eras para llenar su buche de grano. Y empezó a ocuparse ella sola de su construcción, y todos los días les agregaba algo, cordeles, un poco de cola, trozos de papel, plumas, que no había cosa leve y delgada, rápida y exacta, que se le pusiera al alcance de la mano que no se guardara al momento bajo el vestido, y que luego, normalmente en la soledad de la noche, no añadiera con sumo cuidado en alguna parte de aquellas alas que crecían en tamaño y hermosura, y que cada vez se parecían más a las alas que podían tener las cigüeñas y las águilas reales. Y así llegó la noche en que estuvieron terminadas y doña Berta, apenas vestida con una pequeña camisa para evitar el peso de las ropas, por fin pudo atárselas a la espalda y salir con ellas por la ventana. Y daba gusto verla andando así compuesta por el tejado hasta detenerse en su borde como si lo hiciera a la orilla de un lago, un lago iluminado por la luz de la luna, tan delgada y frágil que parecía que el viento se la iba a llevar si soplaba, porque en ese tiempo le había dado por adelgazar de tan loca manera, para que las alas pudieran sostenerla, que apenas pesaba lo que pesan las sábanas y los manteles que se tienden en la hierba a secar. Y fue maravilloso, porque saltó al vacío con los ojos cerrados y antes de darse cuenta estaba descendiendo despacito, planeando con una suavidad indescriptible, en la dirección que se le antojaba, que si quería ir a la derecha le bastaba bajar un poco el ala de ese lado, y si era a la izquierda hacía lo contrario, como si aquellas alas fueran de verdad una prolongación natural de su cuerpo y no las llevara atadas con correas. Fue un vuelo limpio, que llenó su corazón de dulzura y que terminó a la orilla del río. Y fue entonces cuando al poner los pies en el suelo, un poco mareada, se apoyó en uno de los troncos, y ellas sabían cuál había sido el tronco exacto en que puso su mano para recuperar el equilibrio y no caerse, y era el sitio donde llevaban sus cosas y decían sus deseos, que casi siempre llegaban a cumplirse, pues desde que doña Berta había puesto en él sus pies era un sitio mágico que hacía posibles todos los sueños. Pero doña Berta aún habría de tener otra sorpresa, la mayor de todas. Porque un pastor que había bajado en esa misma noche al río la había visto. Había seguido su vuelo y la vio descender entre los chopos y corrió a su encuentro, porque pensaba que se trataba de un ave gigantesca. Y lo que vio le dejó más maravillado aún, pues se trataba de una muchacha. Una muchacha que apenas había salido de la adolescencia, admirablemente formada, que poseía la más linda carita que él hubiera contemplado jamás. Tenía las facciones menudas, la tez muy blanca, dorados bucles que pendían sobre su delicada garganta, y unos ojos que resultaban irresistibles, pues el vuelo los había vuelto más intensos y brillantes, como si trajeran en sus pestañas polvo de estrellas. Además aquella camisola que se había puesto la hacía más atractiva aún, que nada tenía que ver con los vestidos tan pesados que solían llevar las mujeres entonces y que las hacían parecer catafalcos, sino que era blanca y delicada, y sólo la cubría hasta las rodillas, con los bordes adornados con delicados encajes, dejando entrever las formas de su cuerpo, que se adivinaba suelto y libre bajo la tela, como los conejos entre las espigas tempranas. Y, claro, se quedó estupefacto, porque debió de pensar que era una aparecida, alguien que venía del cielo, a lo mejor un cisne que al tocar el suelo había tomado un cuerpo de mujer. Y a ella le pasó igual, y el muchacho que la miraba desde los juncos con aquella expresión de maravillado asombro tampoco le pareció real, sino una aparición, alguien que venía del río, a lo mejor un pez que al saltar a la tierra había tomado la figura de un apuesto muchacho. Y, como su turbación en esos primeros momentos fuera tanta que apenas podía hablar, doña Berta no contestaba a sus preguntas y fingía no comprender lo que trataba de decirle, porque el lenguaje de los hombres no era de uso común entre las criaturas de su clase. Y lo que al principio fue una mera actitud de defensa, no contestar, hacer como que no le entendía, poco a poco se transformó en un juego, el más dulce y peligroso. Que ya no era que no hablase por temor o porque no sabía lo que tenía que decir, sino porque se encontraba a gusto haciendo que no sacaba sentido a las palabras y que todo se lo tuvieran que decir con la cara y las manos. Ése fue su gran error, si es que a lo que vino enseguida se le puede llamar así, porque, como no podían hablar, todo se lo tenían que decir con los gestos y casi sin darse cuenta, para mejor entenderse, empezaron a tocarse el uno al otro y poco a poco estaban haciendo... bueno, lo que hacen todas las parejas cuando se gustan y les llega el tiempo de juntarse, que eso siempre es igual y no puede ser de otra forma, y si no fijaos en los perros y las perras, los patos y las patas, las moscas y los moscardones, todos los pájaros y las pájaras que existen, que a la menor ocasión ya se han encontrado de nuevo y están haciendo lo que no hace falta decir, que para eso está escrito que unos y otras tengan que buscarse y ser complementarios.

Todos escuchaban a Alba sin pestañear. Hasta *Bruma*, que se había tumbado en el suelo y mantenía muy erguida la cabeza, como si no se hubiera perdido una sola palabra y también ella asintiera.

—Eso pasó, y no creáis que una sola vez, sino varias a lo largo de la noche, que descansaban un poco y ya estaban otra vez dale que dale, que allí todos hacían eso y sólo eso, las ranas, las culebras, los grillos, las luciérnagas, y ésa es la razón de que cuando te acercas de noche a las charcas haya el jaleo que hay. Pero luego empezó a amanecer y doña Berta tuvo que decirle al pastor que se tenía que ir. Y le hizo cerrar los ojos, y después de explicarle que volvería a la noche siguiente y lo que tenía que hacer para que ella pudiera orientarse en la oscuridad, tender una sábana en un claro del bosque, se escapó corriendo entre los árboles, aunque para irse de veras todavía tuviera que regresar al menos tres veces donde el muchacho la aguardaba y prometerle que volvería, y hasta dejar una prenda como prueba de que lo que decía era cierto, y que él se empeñó en que fuera un trocito de la tira de encaje de su camisa, que en eso los hombres de aquel tiempo eran como los de ahora, y estaban llenos de manías, y la paciencia que tenían que tener las mujeres era enorme, porque era como si ellos siempre necesitaran pensar que lo suyo era distinto y que jamás antes había sucedido en el mundo nada igual, mientras que ellas supieran de antemano que no, que era sólo un momento más de todo lo que pasaba, parecido a lo que había sucedido antes y a lo que volvería a suceder cuando ya no existieran, y, aún más, como si lejos de entristecerles les gustara que fuera así, y sólo así, porque eso significaba que muy pronto tendrían que estar preparando la cuna y las ropitas del pequeño que estaba por venir. Y entonces sería como cuando los pájaros descienden al corazón alborotado del árbol donde tienen preparado su nido.

Alba se había emocionado toda al decir aquello, y ahora tenía las mejillas y los ojos brillantes, levemente congestionados, como si se los acabara de lavar con agua hirviendo.

—Tener un nido en la rama más alta —continuó, después de respirar profundamente para coger aliento—, ¿no es eso lo que buscamos todos?

Volvió a detenerse, y se quedó mirando a su alrededor. Sus ojos se detuvieron en los de Marieli.

—Hija, estoy muerta de sed.

Marieli se levantó corriendo y, formando un cacillo con sus manos, se acercó a un árbol. Fingía que allí mismo brotaba una fuente y que las estaba llenando de agua. Luego se acercó a Alba y, tendiendo sus manos, le ofreció el agua imaginada. Alba hizo como que bebía.

—Deliciosa —murmuró.

—Majestad —le dijo Marieli haciendo una reverencia muy graciosa—, acabo de cogerla de la fuente.

—Y doña Berta —continuó Alba con una sonrisa— pudo por fin regresar a la Torre. Pero, claro, no se podía quitar de la cabeza lo que acababa de suceder ni podía dejar de preguntarse si no se trataba de un sueño. Y todo el día siguiente lo pasó dando vueltas a aquellas imágenes, ya que no podía olvidarse del rostro del pastor ni de sus caricias ni de lo que habían estado haciendo, que a su lado hasta el vuelo mismo por encima del bosque parecía una insignificancia, pues no hay muchacha que no sepa desde su mismo nacimiento que es en los brazos de aquel de quien se va a enamorar donde se encuentran las verdaderas delicias de este mundo.

Alba volvió a detenerse un momento y se quedó mirando a sus amigas, que a esas alturas de su relato la miraban con los ojos encendidos como candelas. También miró a *Bruma* y a Lázaro, que no estaban menos atentos que ellas, aunque sus ojos no tuvieran el brillo de las llamas sino el del agua, en el caso del niño, y el de las piedras pulidas, en el de la perra.

—Hija —dijo Marieli—, vaya suerte. Ya nos gustaría a nosotras que en este pueblo aún quedaran chicos así.

—Claro que los hay —dijo Alba.

Y volviéndose a Lázaro, al tiempo que le tocaba los labios con la yema de los dedos, añadió:

—Por ejemplo, éste. Lázaro es un chico pez.

Y, retomando el hilo de su relato, continuó:

—Y a doña Berta los días que siguieron le resultaron eternos, que iba a hacer algo y veía por todos los lados a su amigo. Le veía, por ejemplo, cuando se inclinaba a recoger la bandeja de doña Juana, que era como si su cuerpo estuviera repartido por los sitios más insólitos, los dedos mezclados con los cubiertos, las orejas en el azucarero, los dientes entre los garbanzos, y como si mientras ella iba de aquí para allá cumpliendo con sus obligaciones, se fuera encontrando todas esas cosas desperdigadas. Y, enseguida, se las guardaba en el mandil y, cuando ya tenía unas cuantas, subía corriendo a su cuarto y las ponía sobre las sábanas blancas tratando de formar la figura completa. ¿Podía hacerse? No, porque la figura completa sólo se puede componer cuando el otro está ayudándonos en una tarea que supone la dulzura y la exactitud más alta. Y eso le pasaba a doña Berta, que se encontraba un pie, por ejemplo, y se lo quedaba mirando sin saber lo que tenía que hacer con él, salvo llevarlo a todos los sitios, sacarlo a escondidas y comérselo a besos, pero esto era poco y no podía bastarle, porque era como tener una rama y llevarla de aquí para allá esperando que los pájaros vinieran a posarse en ella, lo que no iban a hacer nunca, porque ellos necesitan el árbol completo y autosuficiente.

—Hija —dijo Amalia—, estás como una cabra.

—Y claro, también encontró eso, lo que los chicos tienen ahí, debajo de los pantalones.

Y Lázaro, al oír aquello, cerró instintivamente las piernas, gesto que no pasó desapercibido a las chicas, que se dieron discretamente con el codo para señalárselo unas a otras.

—Y eso no lo soltaba nunca, que lo llevaba a todas las partes guardadito en su mandil, porque le recordaba lo que habían hecho a la orilla del río y el gusto loco que le había dado.

Alba se detuvo algo fatigada e inspiró con profundidad tres veces. Y sus amigas hicieron lo mismo. Lázaro las miraba embelesado, recordando lo que su abuelo le había contado del Valle y de sus encuentros con aquellas muchachas selváticas que también guardaban trozos de cuerpos humanos, aunque éstos fueran de los fusilados que encontraban en la vega del río y se hubieran aficionado al sabor de su carne. Y se acordaba de todo lo que le había contado de ellas, de sus vuelos por el aire, de sus fiestas al lado de la hoguera, de sus juegos tan alegres, y se preguntaba si Alba, Amalia, Marieli y Silvia no habrían podido estar allí, con aquellas muchachas clonadas sin que se notara gran cosa que eran distintas. ¿No era eso lo que decía su abuelo? Se quedaba mirando a una mujer que pasaba y, sin poder evitar el esbozo de una sonrisa, decía: «El Valle está donde ellas se encuentran».

—Y entonces llegó la noche —continuó Alba—.

Doña Berta llevó la cena a la reina y la ayudó a desvestirse, a meterse en la cama y, como acostumbraban, estuvo leyéndole hasta que se durmió. Entonces fue a buscar las alas y salió en silencio al tejado. Hacía algo de viento y las nubes componían una escenografía fantasmagórica que la llenó de aprensión. Aunque enseguida pensara en el pastor y, apartando de su cabeza aquellas negras ideas, se lanzó sin dilación al vacío. Sabía que a esas horas él ya habría tendido la sábana en uno de los claros del bosque y la estaría aguardando, y esa imagen llenó su corazón de apresurados anhelos. Pero fue distinto a la primera vez, en que todo había sido suave, exacto y sin dificultad. No lograba controlar el movimiento de las alas, y sólo tras un esfuerzo sobrehumano logró equilibrar el vuelo y tomar la dirección del río. Las copas de los árboles se movían ominosamente y la noche se volvía cada vez más oscura y temible. Empezó a volar por encima del río, pero no lograba ver la señal, por lo que se veía obligada a avanzar y a retroceder, hasta que el dolor en los brazos y la espalda, causado por las correas que sujetaban las alas, se hizo casi insufrible. Y de pronto supo que fracasaría y que no volvería a ver al pastor. Que no era como las otras veces, cuando una muchacha y un muchacho se encuentran en un baile o por las calles del pueblo o al lado de la fuente, sino que todo en esa noche había sido excepcional, y una de las cualidades de lo excepcional y único es que no podía repetirse. Hasta que dejó de luchar y se dejó arrastrar por la fuerza del viento, que ahora soplaba con más ímpetu aún, haciendo que todas las copas de los árboles se movieran, que lo hicieran como si estuvieran diciéndole algo. Algo que al principio no había entendido, pero que entonces, mientras caía, pudo escuchar con claridad. ¿Y sabes lo que era?

Las chicas empezaron a agitar sus brazos.

—Sólo una vez —dijeron juntas.

Se habían puesto de pie y movían los brazos al compás, como en una escena de teatro.

Alba continuó sola.

—Eso era lo que decían los árboles al moverse, pero también el río, las nubes que había en el cielo, como si todas aquellas cosas se hubieran confabulado para hacerla sufrir. «Sólo una vez —decían—, las cosas hermosas suceden sólo una vez.» Y doña Berta lo escuchaba nítidamente mientras seguía cayendo, que hacía tiempo que no era ella la que mandaba en su vuelo sino que después de ser arrastrada por la fuerza del viento caía cada vez más deprisa, como lo haría un cordero o un saquito de arroz si los tiraran desde la torre de la iglesia. Y el lugar de la caída debió de ser muy cerca de donde nos encontramos, pues durante el otoño los árboles cobran aquí un color más rojo que en el resto del río, y las gentes del pueblo dicen que es en recuerdo de la sangre que doña Berta vertió al morir. También dicen que fue cuando doña Juana se volvió loca de verdad. Que se había acostumbrado a aquella niña, a verla todas las mañanas cuando entraba cantando a vestirla, a su conversación y a sus risas, que doña Berta tenía el alma cantarina de los pájaros y de los animales arbóreos, y doña Juana no podía aceptar que por culpa de aquel proyecto insensato hubiera tenido que morir. Un proyecto que formaba parte de sus sueños y que en ellos debería haberse quedado para siempre. Que ella, doña Juana, sólo quería las alas para no tener que morirse, y que la acompañaran en su retiro de reina solitaria, mientras que doña Berta las quiso desde el principio para arriesgarse y ser más, pues ya con sus pocos años había comprendido que sólo el amor puede hacer que no hayamos vivido en vano.

Alba se quedó en silencio, y por un rato ninguna de ellas dijo ni hizo nada. Los árboles se mecían suavemente y al fondo, aunque no lo veían, se intuía la presencia misteriosa del río. No era un lugar triste y, sin embargo, todo él estaba embebido de la melancolía de aquel relato.

—Y por eso —continuó Alba dirigiéndose a Lázaro—, nosotras no te queremos dejar marchar. Porque este instante no es distinto a aquel en que doña Berta descendió volando de la Torre hasta el lugar donde estaba el pastor, y no volverá a repetirse nunca.

Decía esto porque las vacaciones se estaban terminando y Lázaro volvería pronto a Madrid. Regresaron juntos y, al llegar al pueblo, ellas le despidieron agitando los brazos, tirándole besos.

—Ahora estoy segura —le dijo Alba al oído, conteniendo con dificultad la emoción que sentía—, tú eres el buscador de perlas.

Lázaro la miró sin entender.

—Recuerda la canción de Ariel —le dijo dándole un beso en la mejilla y echándose a correr con los ojos llenos de lágrimas.

Trató de pensar en aquella canción. Ariel volaba

alrededor de Fernando, por orden de Próspero, el padre de Miranda, y le hacía creer que todos habían muerto ahogados. Le decía que el cuerpo de su padre estaba en el fondo del mar, pero también que sus huesos se habían transformado en coral y sus ojos en perlas. Nada en él se había perdido, porque el agua le había transformado en algo rico y extraño.

9

Cuando Lázaro llegó a su casa, el abuelo estaba en la cocina haciendo un solitario con las cartas. No tenía buen aspecto, y Lázaro se fijó en que al coger las cartas le temblaban las manos. Era como el viejo Noé, aguardando en su Arca a que terminara el tiempo del diluvio.

—¿Te acuerdas cuando me contabas la historia del Diluvio Universal? —le preguntó Lázaro.

El abuelo levantó los ojos de las cartas y se le quedó mirando con una sonrisa.

—Sí, claro. Era una de tus preferidas, y te la tenía que contar todas las noches antes de dormir.

Iba a levantarse, pero Lázaro se lo impidió. Fue él quien preparó la cena y quien recogió los platos al terminar. El abuelo encendió su pipa mientras lo hacía.

—No deberías fumar —le dijo Lázaro, que estaba muy preocupado por su salud.

—Pero si no fumo —le contestó el abuelo con una sonrisa maliciosa.

Y, señalándole el cuadro de la pipa, añadió:

—Ya sabes, esto no es una pipa.

—¿Entonces qué es?

—La llave del tiempo.

Lázaro se sonrió. Una gotita de sudor le corría al abuelo por la mejilla, y se levantó y se la secó con la punta de la servilleta.

—Una vez leí una cosa que no se me ha olvidado nunca. Que sólo había dos pensamientos que merecían la pena. Qué íbamos a hacer en el momento siguiente y por qué Dios había creado los bosques, las flores, los ríos, los caballos, los pájaros y todos los animales. La pipa me sirve para lo primero, y *Bruma* para no olvidarme de lo segundo. Creo que todos los hombres deberían fumar, al menos antes de acostarse, y tener un animal en casa. Aunque mejor sería una pareja de cada especie.

—Como Noé.

—Sí, como Noé. No ha habido hombre más grande. En la Biblia se dice que inventó el vino, pero yo creo que lo que inventó fue el tabaco. No me imagino la vida en el interior del Arca sin la posibilidad de fumar.

—Anda, cuéntamela otra vez.

—¿Que te cuente qué?

—Su historia, la historia del Arca y del Diluvio Universal.

El abuelo se puso la pipa en los labios, inspiró dos veces el humo, que se extendió alrededor de su cabeza, como un segundo espacio, y empezó a contar su historia.

—Bueno, ya sabes lo que suele contarse. Dios pidió a Noé que construyera un Arca y que fuera metiendo en ella semillas y parejas de animales, y sólo le dio para cumplir con esta tarea tres meses. Cuando ese tiempo pasara, le dijo, empezaría a llover. Llovería torrencialmente, un día tras otro, hasta que los ríos y los mares se desbordaran, y la tierra entera quedara inundada por el agua y todos murieran ahogados. Sólo él y los suyos, y cuantos animales y semillas hubiera guardado en el Arca, podrían sobrevivir a ese tiempo de destrucción. Noé se puso manos a la obra y trabajaba días y noches ante el asombro de todos, a los que no sólo maravillaba aquella extraña ocurrencia, construir una barca en pleno desierto, sino el que, mientras lo hacía, no dejara de llorar. ¿Y sabes por qué lloraba? Porque veía todo lo que había a su alrededor, los otros hombres y las otras mujeres, los niños, las gallinas y los corderos, los pájaros y las culebras, y se daba cuenta de que dentro de muy poco perecerían. Y no podía entender por qué Dios hacía aquello y no dejaba las cosas como estaban. Ni por qué, si todos iban a morir, él y los animales que eligiera se salvarían, ya que no eran en absoluto mejores que los otros. Y tan agobiado estaba por el peso de aquellos remordimientos que, desafiando el mandato de Dios, se puso a contarlo. Visitaba a sus vecinos y les advertía del peligro, animándoles a que también ellos se prepararan y construyeran barcas que pudieran flotar y albergarles durante las largas noches en que las aguas inundarían la tierra. Pero ninguno le hacía caso. Le escuchaban sonriendo y volvían a sus ocupaciones, limitándose a asentir con la cabeza en señal de cordialidad. ¿Y sabes por qué no le escuchaban? No porque estuvieran corrompidos, como se dice en la Biblia, sino porque no tenían conciencia de la muerte. Que era eso lo que pasaba en aquel tiempo, lo que había provocado la ira y los celos de Dios, que ninguno de los seres del mundo sabía que tenía que morir. Y no lo sabían por una sencilla razón, porque no percibían grandes diferencias entre ellos. O, mejor dicho, sí veían, claro, que las arañas tenían ocho patas; los peces, aletas; y las tortugas un caparazón tan duro como la piedra, pero esas diferencias no les volvían extraños entre sí. Y ¿a ver si sabes por qué? Porque era como si formaran un continuo, y la vida fuera ese flujo incesante de todas las especies y los individuos que existían. Un pájaro, por ejemplo, bajaba a beber de un arroyo mientras un pez pasaba a su lado, y no había separación entre ellos, como no la había entre el agua y el aire, entre las ramas de los árboles y las piedras del lecho del río. Y todo porque cada cosa guardaba en sí el germen de las criaturas y cosas que había a su alrededor, del mismo modo que las muchachas cuando iban a lavar tomaban del agua, sin saberlo, la sustancia completa del río, y en su tacto estaban las algas y los pétalos de las flores, pero también las plumas y las escamas, el canto de los pájaros y el silencio de los pantanos. Y sí, claro, veían cómo los cuerpos se hacían viejos, y finalmente no podían moverse o dejaban de respirar y temblar, pero a eso no lo llamaban morir, porque para que pudiera haber muerte, los seres tenían que estar separados de los demás. Y allí, en ese tiempo, el tiempo anterior al diluvio, no era así.

Que tampoco los hombres y los animales estaban separados, como lo están ahora, y por eso se podía ver a un hombre cargando sobre sus hombros dulcemente a una oveja, de la que se había enamorado, o a un gorrión absorto en la cunita de un niño. Porque hombres, pájaros, hipopótamos y serpientes eran iguales, y no era que se hubieran desviado de la ley de Dios sino que no podían vivir aislados, y hasta el gesto más minúsculo les devolvía al momento a ese todo palpitante del que formaban parte. Y Dios se dijo, mientras estén unidos no se acordarán de mí. Y mandó el diluvio para separar las cosas, las cosas que antes formaban parte de la misma creación. Y por eso ordenó a Noé que las parejas estuvieran solas, cada una en su compartimiento, porque quería fundar un orden nuevo en que cada criatura y cada cosa tuviera su lugar, y no pudiera mezclarse, o no al menos de cualquier manera, con las otras. Y por eso Dios no quería que el cuervo entrara en el Arca. Porque el cuervo era el gran liador, y Dios conocía su afición a estar en todos los sitios y enterarse de todo, y que todo lo escuchaba y sabía. Pero el cuervo se coló e iba de un compartimiento a otro, y sobre todo cuando veía a una hembra se ponía fuera de sí, porque era un animal sumamente lujurioso y no podía ver a una muchacha o una hembra de cualquier otra especie sin sentir inmediatamente unos locos deseos de juntarse con ella ni de decirle al oído todo tipo de procacidades, lo que, dicho sea de paso, a ellas les encantaba, porque les recordaba el tiempo en que el mundo era un lugar alegre donde unos y otras estaban disponibles entre sí. Y Dios quería que Noé echara al cuervo, pero a Noé le daba pena, porque también a él, como a las mujeres de su familia, el cuervo le recordaba el tiempo de la amistad de Dios con el mundo. Y unas veces le daba con la escoba, pero otras hacía la vista gorda. Perdónalo, le decía a Dios, ya sabes cómo es. Y no hubo forma de echar al cuervo, que era el único que se movía libremente por aquel espacio y el único que llevaba un poco de alegría a sus corazones, embebidos del agua negra del Diluvio. Hasta conseguía que salieran a la cubierta y que, tendiendo lonas para protegerse de la lluvia, hicieran pequeñas hogueras y al amparo del fuego se pusieran a bailar. Y era cosa de ver a todos los animales bailando, haciéndolo como si no les importara irse a pique, porque estaban hasta el gorro de tanta lluvia y, si todo iba a terminar de una vez, era mucho mejor que fuera estando todos en la cubierta, en el baile más loco que jamás hubiera tenido lugar en la tierra. Y ésta fue la razón por la que Dios dejó de perseguir al cuervo y aceptó que continuara en el Arca. Porque el cuervo tenía la rara cualidad de obtener música de los abismos más espantosos de la existencia, y eso conmovía a Dios hasta el punto de hacerle preguntarse si no sería la criatura más perfecta de todas las que había creado. Y eso fue lo que pasó. Estuvo lloviendo cuarenta días y cuarenta noches seguidas, y luego cesó de llover y las aguas empezaron a descender, hasta que asomaron las primeras cumbres de las montañas, y pudieron bajar temblorosos, aunque ya no fuera lo mismo, porque en aquel lugar no había nada, sólo reinaba la desolación, y aunque en poco tiempo y, gracias a sus semillas, la vida volviera a florecer, sabían que ya no sería lo mismo, porque la muerte se había metido en sus corazones y antes o después vendría a cobrarse su tributo.

Lázaro y el abuelo se quedaron un rato mirándose a los ojos.

—Bueno —dijo el abuelo—, antes no te lo contaba así. Eludía el verdadero final, porque no quería entristecerte. Pero ahora pienso que lo único bueno del Arca eran los bailes en la cubierta y que es al cuervo al que deberíamos adorar.

El abuelo hizo ademán de levantarse, pero no pudo hacerlo.

—Ayúdame —le dijo—, no sé lo que me pasa.

Lázaro acudió en su ayuda y le acompañó hasta su cuarto. También le ayudó a ponerse el pijama. Estaba en los huesos, y su piel era suave y blanca como la de los pobres pichones cuando se les quitan las plumas. Le estuvo arropando, y luego se sentó a su lado en la cama. Se dio cuenta de que tenía ganas de seguir hablando.

—Prométeme cuidar a tu madre. Las mujeres de nuestra familia son un poco extrañas. Sobre todo mientras son jóvenes y todavía existe para ellas la esperanza de cosas mejores. Siempre hemos tenido esa bendición, o ese castigo, todo depende de como se mire.

Lázaro llevaba tres semanas en el pueblo y quería volver a ver a su madre. ¿Se habría metido en algún nuevo lío? En realidad era experta en líos, y él a su abuelo sólo le contaba una parte para no preocuparle. Por ejemplo, no le había dicho que había empezado a trabajar de dependienta en una zapatería y que la habían echado cuando apenas se había cumplido un mes, porque regalaba a las clientas los zapatos. Tampoco lo de la cubertería. Se la había dado el abuelo y era sin duda el tesoro más preciado de la familia. Pues bien, un día se presentó un mendigo a pedir y ella le dio un juego completo de cubiertos. El mendigo comía todos los días en unos locales del Auxilio Social que estaban muy cerca de su casa, y su madre le entregó el cuchillo, el tenedor y la cuchara. «Parecerás un príncipe cuando los saques en el comedor.» Y así debió de hacerlo, porque esa misma tarde tenía ante su puerta a todos los mendigos del Auxilio Social. Por la noche, cuando regresó del colegio, su madre estaba sentada sobre la mesa de la cocina y a sus pies estaba el estuche vacío de la cubertería. Ése era el problema de su madre, una imaginación demasiado viva, capaz de cambiar con sus desatinos los hechos de la realidad. Luego la encontrabas encima de los muebles, con el rostro exhausto de quien acaba de perder toda esperanza.

—Cuando se ponen sobre los muebles —decía su abuelo—, es que la acaban de armar. Tu abuela también era así. Llegaba a ponerse como loca, pero estaba magnífica. Tal vez no supiera sufrir, pero tenía el valor de la desesperación.

—¿Por qué se fue?

—Supongo que estaba cansada de este pueblo, de que nos espiaran a todas las horas, de no poder comportarse con la libertad con que lo había hecho en todas las grandes capitales de Europa. Además sucedió aquella historia del niño.

—¿Qué niño?

—El niño de una vecina. Estaba muy enfermo y una noche, al regresar a casa, oímos los gritos de la madre y de las otras mujeres. Entramos a ver lo que pasaba y encontramos al pobre niño en la peor situación posible. Tenía una fiebre muy alta que le estaba desencadenando una crisis convulsiva. Todos le miraban espantados, sin saber lo que tenían que hacer, y tu abuela no lo dudó. Le cogió en sus brazos y se puso a desnudarlo. Aún más, mandó que trajeran agua en un balde y le sumergió en ella en contra de la opinión general. Trataba de bajar como fuera la temperatura de su cuerpo. Lo consiguió, y aquellas convulsiones cesaron. Los dejamos con el niño tranquilo, profundamente dormido. Pero esa noche murió, y entonces empezaron a decir que había sido por culpa de tu abuela. Esto la hirió profundamente. Llegaban hasta a insultarla, amparados en la oscuridad de la noche, en que también llegaron a rompernos varios cristales de las ventanas. No les importó que el propio médico interviniera a su favor, diciendo que había hecho lo correcto y que el niño no había muerto de aquel baño sino porque su corazoncito había fallado. Fue la gota que desbordó el vaso, como suele decirse. El caso es que tu abuela, después de aquello, decidió marcharse. «Cualquier día me iré», me dijo una tarde. «No es por tu culpa. En realidad tú eres la persona con la que he sido más feliz en el mundo y no quiero que me guardes rencor.» Ya habíamos tenido a tu madre y recuerdo que se inclinó sobre la cuna y se quedó mirándola largo rato con los ojos llenos de lágrimas. Y un día al volver casa no necesité llamarla, ni ponerme a buscarla por la casa, porque nada más abrir la puerta supe que se había ido y que no la vería más. Tu abuela no podía pasar desapercibida, porque era de las que llenan los lugares con su presencia. En la mesa de la cocina había encendido una vela, y a su lado había un papel.

Te he hecho pobre, mi amor querido,
estoy lejos de ti cuando estoy cerca.
Te he hecho rico, corazón mío,
estoy cerca cuando estamos separados.

Supongo que serían de alguna obra de teatro, a las que seguía siendo muy aficionada, y de las que a menudo recordaba pequeños fragmentos que me recitaba cerrando los ojos y extendiendo sus manos pequeñas, vivas, como si aún estuviera en un escenario, actuando ante los grandes de este mundo. ¿Y sabes lo que quería decir? Que nuestros deseos sólo pueden satisfacerse dentro de un sueño, una obra de teatro o una isla mágica, como sucedía en *La tempestad*. Creo que pensaba que ella jamás podría darme lo que necesitaba, porque su poder era sólo un ideal, una visión, y no podía ser poseído, al menos por mí, que era su amante mortal. Eso quería decirme, que lo que me atraía de ella no cabía en la vida de todos los días.

El abuelo volvió a detenerse.

—Supongo —continuó— que necesitaba ver, seguir conociendo cosas. No se lo reprocho. En este viejo mundo conviene probar muchas cosas antes de decidir cuál es la mejor.

Oyeron gemir a *Bruma*.

—¿Quién está ahí? —preguntó el abuelo.

—Es *Bruma* —dijo Lázaro con una sonrisa.

—Jodida perra —murmuró el abuelo con una expresión de complacencia—, no se separa de nosotros ni cuando vamos a mear. Anda, ven, esta noche haremos una excepción.

El abuelo levantó las mantas y *Bruma* se coló inmediatamente bajo ellas y se ovilló a sus pies.

—Ahora tú —le dijo a Lázaro.

Lázaro se acostó a su lado. La cama era grande, pero aun así sus pies tropezaron con el cuerpo de *Bruma*, que enseguida se aprestó a lamérselos. Esa cama sí que se parecía ahora al Arca de Noé. Se lo dijo.

—Sí —le contestó el abuelo—. Sólo falta el cuervo. Habría disfrutado de lo lindo con este barullo.

Lázaro se sentía feliz, contagiado por el alegre y dulce encanto que irradiaban los gestos de su abuelo.

—Estoy mejor —murmuró—. En realidad tengo la cabeza extraordinariamente despejada. Veo las cosas como si estuviéramos a pleno sol.

Lázaro le vio sonreírse.

—¿De qué te ríes?

—Me estoy acordando de las gigantas, las muchachas del Valle, y del barbián de Luciano persiguiéndolas como un poseso. Nunca le había visto así. Corría como los gamos, no paraba de reírse.

Oyeron el ruido de las cigüeñas. Estaban en la Torre y se escuchaba su tableteo.

—Muchas noches ellas emitían un ruido así, como si golpearan maderas. Nunca logramos saber lo que estaban haciendo. En realidad, nos pasábamos el día y la noche espiándolas y apenas supimos nada de ellas.

Y, después de una pausa, añadió con una expresión seductora:

—¿Sabes una cosa? Lo más difícil es conseguir que las palabras concuerden con nuestra existencia.

Lázaro se volvió hacia él expectante. La luz tenue de las farolas entraba de la calle por la ventana y se extendía por el cuarto, dando a la oscuridad una cualidad casi líquida. Hasta la cama parecía moverse como una barca a la deriva. Su abuelo le miraba como si le estuviera diciendo: «Ya que estás aquí hablemos sólo de la verdad».

—Hay algo que nunca te he contado —continuó—. Me traje a una de esas muchachas, y estuvo viviendo conmigo por espacio de un año. En este mismo pueblo. Sin que nadie, salvo Luciano, sospechara su verdadera naturaleza. Pasado ese año tuve que devolverla al río, pues el recuerdo de sus compañeras, de su vida en el Valle, no la dejaba vivir. Es un tiempo que no olvidaré nunca.

El abuelo había cerrado los ojos y hablaba como si sus manos estuvieran llenas de riquezas y las estuviera extendiendo sobre las mantas para que él las pudiera ver.

10

—Pero tengo que empezar desde el principio. Perdimos la guerra. La mayoría de nosotros terminamos en la cárcel, donde unos tuvimos más fortuna que otros. Luciano, Ramón y yo nos salvamos por los pelos. Fuimos a parar a Santoña, a una cárcel espantosa situada en un castillo tallado en la roca, junto a una bahía de aguas revueltas y brumosas. Eran pocos los que salían para contarlo, pero un teniente médico de un pueblo cercano al nuestro nos tomó bajo su protección. En esos primeros tiempos los fusilamientos se realizaban sin que mediara sentencia alguna, muchas veces por mero capricho de los guardianes, y durante aquellas noches aciagas el teniente nos retenía en la enfermería. A riesgo de su vida, pues en más de una ocasión tuvo que enfrentarse pistola en mano a sus propios compañeros. Era un hombre justo y le horrorizaban aquellos excesos, que hacía todo lo posible por evitar. En los dos bandos hubo buena y mala gente, y lo inexplicable es que nos hubiéramos llegado a enfrentar con aquel encono, con aquel deseo de dañar, superior al de los animales furiosos. De allí nos enviaron a Zaragoza y unos meses después, ya con una condena firmada, a Toledo. No es un tiempo que pueda recordar sin estremecerme. Pasábamos hambre, nos trataban peor que a los criminales, aunque no hubiéramos cometido otro pecado que defender nuestras ideas acerca de un mundo distinto. Vimos cosas inimaginables que todavía hoy me asaltan por la noche y me hacen despertar preguntándome cómo es posible que los hombres seamos capaces de albergar tantas miserias en nuestro corazón. Sin embargo, también hubo momentos alegres, divertidos, locos, porque donde hay hombres hay risas y alienta el deseo de la felicidad. Cuando salimos de la cárcel habían pasado cinco años. Acababa de terminar la Guerra Mundial, y fueron años difíciles para Franco, pues se llegó hasta a temer una invasión aliada. Todos la esperábamos, pero nunca se produjo. Y ésa fue sin duda una de las grandes infamias que pesan sobre los países aliados, que con su silencio llegaron a consentir aquel régimen nefasto. El caso es que abandonamos la cárcel con la amarga consciencia de que todo estaba definitivamente perdido. Ninguno de nosotros tenía aún treinta años, y salíamos con el cuerpo y el pensamiento de los enfermos y de los ancianos. Regresamos al pueblo y tratamos de olvidar. Fue cuando Luciano se marchó a vivir a la orilla del río. Dejó la fotografía, en la que era un auténtico maestro, y empezó con los pájaros. No ha hecho otra cosa en la vida. «Todos coleccionamos arena», me dice cuando me pongo más pesado de la cuenta animándole a que vuelva a la fotografía. Se refiere a un veterinario que hubo en el pueblo. Se llamaba Anselmo y había recorrido medio mundo, porque desde pequeño ésa había sido su afición, correr de un lado para otro sin concederse un solo minuto de sosiego, hay hombres que tienen alma de pájaro. Anselmo tenía la costumbre de coger un poco de arena de cada lugar por el que pasaba y guardarla en pequeños frascos, en los que ponía una etiqueta indicando su procedencia. Tenía al menos dos centenares de esos frascos y había arena de todos los sitios, sobre todo del Norte de África, que conocía de un extremo a otro, pues durante años había sido veterinario del ejército y estuvo destinado en Marruecos. Pues bien, a su muerte, sus descendientes tiraron todos los frascos. ¿Por qué habrían de conservarlos si sólo contenían arena? A eso es a lo que se refería Luciano. Todos los hombres coleccionábamos recuerdos, pero los recuerdos no eran como la vida. Pensábamos que eran importantes, pero no valían gran cosa. Eran como la arena de Anselmo, nos decían que habíamos estado en lugares a los que no podríamos volver, porque todo se abandona para siempre. Pero yo me rebelaba contra esas ideas. No me conformaba con la arena, y quería la escena viva, animada por las imágenes y los olores del mundo. Por eso volví al río en busca de las gigantas. Quise que me acompañara Luciano, pero no pude convencerlo. «No darás con ellas, y aunque lo hicieras no será igual; nunca es igual cuando se regresa», me decía. Decidí ir solo. No estaba muy lejos, y me bastó con llegar al río y recorrer sus orillas para identificar enseguida el lugar en que fuimos descubiertos por la Patrulla. Recordaba los disparos, nuestra huida precipitada, como la de los ciervos perseguidos por los cazadores, y, por fin, el encuentro con las muchachas y el tiempo loco de nuestra vida en común. Iba todas las noches. En ese tiempo tenía una moto. Salía de trabajar e iba a ese lugar, muy cerca de Pesqueruela. Llevaba carne. Carne que compraba en el mercado y que tiraba al agua o distribuía entre los juncos y los carrizos de las orillas. Una noche maté un cordero lechal. Lo hice allí mismo, llorando, derramando su sangre en el río cuyas aguas se tiñeron de negro. Lo colgué de un árbol y, agazapado tras una mimbrera, me senté a esperar. No fue una espera larga, pues a los pocos minutos sentí algo en el agua. El movimiento de una criatura que avanzaba y de sus miembros chapoteando en la oscuridad. Había luna llena y una luz lechosa se reflejaba en el agua. La vi en la orilla del río. Era una de las muchachas que habíamos conocido en el bosque, y me pareció aún más hermosa que entonces. Su piel húmeda tenía los reflejos del agua que acababa de abandonar, y sus movimientos eran tensos y sigilosos, los movimientos de los gatos y los hurones. Levantó las manos y empezó a agitarlas por las muñecas, imprimiéndoles un movimiento giratorio, al tiempo que hacia chascar su lengua, su canto de cigüeñas. Pronto la respondieron las otras desde la oscuridad. Eran tres y se dirigieron sin demora al cordero, que empezaron a comerse de una forma voraz, arrancando sus pequeños miembros con manos y dientes. y masticando su carne con un deleite incomprensible. Aproveché para acercarme a ellas y pronto comprobé que me habían reconocido. Se detenían cada poco, y sonreían enseñando sus dientes y sus encías llenas de sangre. Y a mí aquella escena, que debió llenarme de horror, me conmovió tan profundamente que hasta llegué a compartir con ellas algunos de los trozos de carne que me ofrecían entre risas. Estuvimos juntos unas horas. Me hicieron desnudarme y meterme en el agua con ellas. Me abrazaban y llenaban de caricias, se sumergían en el agua y yo buceaba tras ellas y, cuando nos alcanzábamos en el lecho del río, nos revolcábamos entre las algas y el delicado limo. Una de ellas era mi amiga, y yo ponía la yema de mi dedo sobre el pequeño lunar y le decía con gestos que me había dado cuenta. Las otras se cansaron de aquellos juegos y se alejaron corriente abajo, pero ella se quedó a mi lado.

Lázaro se volvió hacia su abuelo y vio cómo sus ojos se llenaban de lágrimas. Dos de ellas escaparon por sus mejillas arrugadas, donde desaparecieron como en una extensión de arena.

—Empezó a amanecer —continuó sobreponiéndose a esa emoción—, y ella me cogió de la mano. Tiraba de mí, pidiéndome que la siguiera. Pero esta vez mis ideas eran otras. No, le decía. Esta noche eres tú la que se queda, la que tiene que seguirme. Estaba decidido a no dejarla marchar. Quería que se viniera conmigo, que se acostumbrara a vivir en mi casa, en el único mundo que conocía, hacer de ella una muchacha real, fuera del delirio del bosque. Tenía la certeza de que si me dejaba arrastrar de nuevo por ese delirio no podría volver. Creo que era eso lo que había intuido Luciano y que por eso no había querido acompañarme. «Es peligroso —me había dicho—, tienen el germen de la locura.» ¿Pero no era siempre así?, ¿no guardaba siempre la belleza ese mismo germen? Los amantes enloquecían al ver el rostro de aquel o aquella que amaban, las madres los de sus niños pequeños, los perros la figura de los hombres. La belleza de los que amábamos podía arrojarnos a la locura, es cierto, ¿pero acaso ese riesgo no guardaba todas las delicias de la vida? Luchaba, trataba de convencerla, pero ella se resistía a seguirme. Avanzábamos por la vereda del río, pues su naturaleza obediente la impedía rebelarse contra mi voluntad, y cada poco se detenía y empezaba a mover la cabeza en un estado de dolorosa excitación. No quería seguir adelante y me pedía que la dejara marchar. Pero a esas alturas nada podía hacerme cambiar de opinión. Llevaba ropas de repuesto y la vestí con esas ropas, mientras las mariposas nocturnas revoloteaban a nuestro alrededor. Eran ropas mías, y cuando terminé de vestirla parecía un muchacho, pues quería que pasara desapercibida en el pueblo. Al poco rato de andar, los pies le dolían de tal forma que tuve que cargarla sobre mi espalda. Y la traje aquí, a este mismo pueblo. Entonces vivía en una casa molinera, junto a la huerta, y allí me encerré con ella. Trataba de enseñarla, de hacer que se pareciera a las otras muchachas, que era con quienes tendría que vivir. Al principio todo iba muy bien. Era obediente y aprendía con gran facilidad. Hasta conseguí que en pocos días empezara a hablar. Claro que las palabras no significaban gran cosa para ella y eran poco más que juegos imitativos. Su pensamiento necesitaba otras cosas, la exactitud, la rapidez, la ligereza, tal vez la multiplicidad. Se levantaba, entonaba extraños cantos, melopeas sorprendentes, de una belleza incomparable. Pero pronto empezaron los problemas. No podía separarse de mi lado, pues la soledad en aquella casa, en aquel lugar extraño, la enloquecía, y tenía que llevarla conmigo a todos los sitios. Por entonces ya vestía como las otras muchachas, y llamaba la atención el contraste entre su belleza salvaje y su extrema delicadeza. Hacía todo lo que la mandaban, participaba en los juegos de los niños, se acercaba a las caballerías y se abrazaba estrechamente a sus cabezas, sobre las que tenía un extraño poder, pues le bastaba con mirarlas para que se quedaran inmóviles, como hipnotizadas por la luz que había en sus ojos. Y, claro, cogió fama de loca. Se subía a los árboles, en cuyas ramas era el único lugar en que parecía tranquilizarse y dejar de sufrir. Una vez la dejé sola en la calle, esperándome mientras hacía un encargo, y a mi vuelta escuché un gran barullo. Varios conocidos corrieron hacia mí. «Está dentro del pozo», me dijeron en un estado de gran confusión. Muy cerca había una huerta, y la gente se arremolinaba alrededor del pozo, donde según me dirían luego se había metido voluntariamente, agarrándose a las piedras laterales. Le gritaban cosas y ella les contestaba desde abajo. «Estupenda —decía—, agua estupenda.» El pozo era muy profundo y, al asomarme, sólo percibía su chapoteo, que desde el primer momento me pareció despreocupado, feliz. Mis ojos se fueron acostumbrando a la oscuridad hasta que pude verla. Estaba en el centro del pozo, metida en el agua, con el vestido flotando a su alrededor como un manto de algas. «Te vamos a tirar una cuerda. ¿Me oyes?» Ella empezó a chascar la lengua, a moverse. De pronto se sumergió. Todos nos quedamos con el corazón en suspenso. Fueron unos minutos interminables. «Se está ahogando», murmuró alguien a mi lado. Yo negué con la cabeza. Y sin embargo era cierto que nadie humano podía aguantar tanto tiempo sumergido en el agua. Volvieron a pasar los segundos. Todos seguíamos en silencio, con los ojos fijos en el interior, anhelantes. Y de pronto, cuando ya me disponía a saltar en su busca, la vimos salir. Aunque sólo un momento, sólo para mirarnos con los ojos llenos de la luz negra, maligna, del pozo, y volver a sumergirse al momento, esta vez desnuda, pues el vestido se escurrió de su cuerpo y se quedó flotando en el agua. Habían ido a por una cuerda, y me la até a la cintura. «Deprisa», les dije. Me bajaron hasta el fondo, el agua estaba helada y enseguida empecé a tiritar. Me puse a llamarla. «Macarrón», le decía, en ese tiempo la llamaba Macarrón por su increíble afición a ese plato, del que podía comerse fuentes enteras sin cansarse. No tardó en aparecer. Estaba excitada por el buceo y en su rostro había una extraña determinación. Volvía a ser la muchacha del bosque y se movía de un lado a otro fuera por completo de sí, presa de una gran ansiedad. Pronto sabría que en esos momentos buscaba a sus compañeras, las figuras gemelas alrededor de la suya, y que sólo eran esas figuras las que, al devolverle la noción de sus propios límites, lograban tranquilizarla. No pasó eso, sino que inesperadamente me atacó. Nunca lo había hecho antes, pero sin duda estaba demasiado nerviosa para controlarse, y la ausencia de sus compañeras la excitaba hasta la locura. Me mordió con fuerza en el hombro. El ataque fue tan repentino y doloroso que grité, y enseguida la sangre empapó mi camisa. Logré apartarla de mí, sujetándola con fuerza contra las piedras. «Por favor —le susurraba al oído—, no me muerdas, Macarrón, no me muerdas.» Me puse a hablarle. «Tenemos que salir de aquí, este lugar te está volviendo loca.» Se abrazó contra mi pecho, me chupaba el hombro, el cuello, pero no me mordía. Creo que se arrepentía de lo que había hecho. Grité a los de arriba, y empezaron a tirar de la cuerda. Les dije al salir que me había golpeado contra las piedras. Tapé a Macarrón con mi camisa y la cogí en mis brazos. Se quedó dormida mientras caminábamos, apretada contra mi pecho, como una de esas niñas que se caen a los pozos y que los adultos logran arrebatar en el último momento de la muerte. Al llegar a casa la acosté en la cama. Se pasó durmiendo tres días. Siempre le pasaba igual. Después de aquellas exhibiciones de energía entraba en una especie de letargo. Esta vez se prolongó más de lo habitual con mi consiguiente alarma. Se pasaba el día durmiendo, y apenas lograba que se mantuviera sobre la silla cuando le daba de comer. Al terminar volvía a dormirse. Yo al principio estaba muy preocupado, pero pronto me di cuenta de que tal vez ellas en el Valle eran así, y que estaba en un estado de semihibernación. Lo pensé porque la temperatura de su cuerpo era muy baja y apenas se escuchaban los latidos de su corazón, que por otra parte se habían lentificado de una manera increíble hasta no superar los treinta por minuto. Me contagié de ese clima. Me metía en la cama con ella y nos pasábamos acostados las horas muertas. Sólo deseaba terminar cuanto antes con mis ocupaciones para correr a su encuentro. Me parecía que tenía frío y que yo tenía que calentarla. Le cantaba canciones. Canciones del tiempo de la guerra, cuando luchábamos contra los fascistas. Las que cantábamos en Brunete y en el Jarama, y en las que se hablaba de nuestra confianza en una próxima victoria, una victoria que sin embargo no llegaría nunca, que se escaparía de nosotros como un ave de preciosas plumas. El ave que se posaba cada noche a nuestro lado y que nos decía que la dicha y la dignidad aún eran posibles; el ave que por fin levantaría el vuelo alejándose de este país terrible para no volver a regresar. Luciano fue a visitarnos una tarde. Llevaba la cámara e hizo fotos. Una serie magnífica en que Macarrón siempre aparece dormida en mis brazos, hermosa y lánguida como los galgos en los tiempos de veda. Luciano se fue emocionando mientras trabajaba y al terminar, con los ojos inundados en lágrimas, me dijo desde la puerta: «Fui yo el que se equivocó». Se refería a mi regreso al río y a su negativa a acompañarme. Me envidiaba por tener a Macarrón en mi casa, aunque la vida se hubiera hecho para mí desde entonces tan difícil y extraña, y muchas tardes me viera obligado a ir a su casa buscando su compañía y llegáramos a emborracharnos sin decirnos nada, sabiendo que en cada trago que dábamos era esa vida al lado de las gigantas la que estaba presente. Y eso que los problemas no habían hecho sino comenzar. Macarrón se mantuvo en ese estado de semiletargo por espacio de dos meses y a partir de ese momento empezó a dar muestras de una infatigable actividad. No podía estar quieta ni dejar de comer. No bastaba lo que le daba y a menudo se escapaba de casa y se iba a cazar al río. Era una gran predadora. Capturaba a los animales y, si no estabas a su lado, se los comía sin demora, hincando sus dientes en sus cuerpecitos todavía palpitantes y desgarrando enfebrecida su carne. Era extraordinariamente voraz. Sobre todo con la carne cruda, de la que llegaba a consumir grandes cantidades. Yo la reñía. Le decía que no la comiera así, que había que guisarla, que la carne cruda sólo la comen los animales y los salvajes. Cocinaba sin descanso, y ella comía obediente lo que le daba, aunque a aquellos guisos, en los que me esmeraba al máximo, siempre con el deseo de ofrecerle, las más sabrosas comidas, prefiriera invariablemente el sabor de lo crudo. Y mucho más si la muerte no era reciente, que muchas veces lo que hacía era capturar al animal y dejarlo colgado en algún lugar donde yo no pudiera localizarlo hasta que empezaba a oler. La carne con el olor de la corrupción. Supongo que le traía recuerdos de sus andanzas por el río con sus compañeras, y del olor de los cuerpos de los fusilados durante la guerra. Luché con todas mis fuerzas contra esas costumbres, contra esas tendencias anómalas, en ocasiones terribles, literalmente insoportables. Llegué a sorprenderla desenterrando una oveja muerta y hundiendo el rostro en sus llagas abiertas. Siempre con bastante éxito, pues ya te he dicho que tenía una naturaleza obediente.

Hacía que se sentara en la mesa a comer, que se acostara en la cama, en vez de subirse a los árboles, o a los tejados, o encima de los muebles, restos de sus inclinaciones arbóreas. Y a aquellos momentos de acuerdo, de hondo contentamiento con el mundo y las normas de todos, les sucedían otros de profundo y alegre embeleso, en que nada nos parecía más hermoso que aquella casa, los muebles, las ventanas abiertas a la calle, los vasos y los humildes cubiertos que empleábamos para comer, que es lo que siempre les pasa a los amantes con el lugar en que han vivido juntos los primeros momentos de su unión, que hasta los desconchones de las paredes, los colores y la textura de la colcha, las pequeñas lámparas que encienden por la noche, pasan a convertirse en el solo modelo de lo que habrán de buscar una y otra vez en la vida. Porque era como si el amor perteneciera al mundo de las carreras locas entre las ramas, de la multiplicidad y los desaforados apetitos, y el esfuerzo de todas las parejas era sacarlo del bosque, de la noche y del delirio, y encontrar para él acomodo en el mundo de todos. Y nosotros lo logramos, al menos durante aquel tiempo. Empezó el verano y nos pasábamos las horas muertas bañándonos en el río, sobre todo Macarrón, que una vez que se metía en el agua no había forma de convencerla para que saliera. Un día empezó a cambiar. No se mostraba tan activa, y cuando le proponía que fuéramos al río me decía que no. Prefería quedarse en casa, ocupándose de ordenarla y limpiarla, o pasear por las calles del pueblo y saludar con grandes sonrisas a cuantos se encontraba. Especialmente a las madres jóvenes, ante las que indefectiblemente se paraba y cuyas conversaciones animadas, casi siempre sobre sus hijos, le gustaba escuchar; como le gustaba irse con los niños y pasarse las horas muertas mirándoles mientras jugaban. Una noche, cuando nos estábamos acostando, me fijé en su tripa. Se había combado levemente, y su piel tenía el brillo de las manzanas recientes. También sus pechos habían crecido y su expresión era de hondo contentamiento, la expresión del que se entrega a una plácida espera. Supe que estaba embarazada y mi primera reacción fue de alarma. ¿Qué iba a pasar a partir de entonces? ¿Estaba en condiciones de ocuparse de los infinitos pormenores que exigía la crianza de un niño? ¿Cómo sería el niño? ¿Tal vez como ella, y vendría al mundo loquito de atar? En tal caso, ¿qué podría hacer para sujetarles a los dos? En el pueblo, mientras tanto, se habían disparado las murmuraciones. Se comentaban sus extravagancias y todo eran versiones acerca de su identidad y su procedencia. ¡Llegó a decirse que la había sacado de un convento, y que era la hija ilegítima de una noble portuguesa, a la que ésta había sepultado en vida en aquellos claustros para no tener que reconocer su pecado! En fin, cosas de los pueblos, en los que las murmuraciones y las maledicencias suelen estar a la orden del día, tal vez porque la gente no sabe muy bien qué hacer con su tiempo y necesita, para pasar el rato, andar metiendo las narices en la vida de sus vecinos. Cosas a las que nunca antes había dado importancia, pero que ahora me empezaron a preocupar. Pensaba en el niño o la niña, y no quería que pudiera encontrarse al nacer con un ambiente así, necesariamente lleno de hostilidad y desconfianza. Fue entonces cuando me inventé lo del teatro. Que tu abuela era actriz.

Lázaro se le quedó mirando con una expresión de sorpresa.

—Sí, una actriz danesa que había recalado en España y a la que había conocido en un viaje a Madrid. Nos habíamos enamorado y, como ella estaba cansada de correr y correr, siempre de una ciudad a otra, había decidido abandonar a sus compañeros y venirse conmigo. Y las actrices, ya se sabe, no son personas corrientes. Se rigen por otras costumbres, otros principios morales, y, sobre todo, los papeles que se ven obligadas a representar en los escenarios las vuelven un poco lunáticas, que entre tantos fingimientos terminan por olvidarse de quiénes son de verdad. Además, no entendía nuestra lengua.

—¿Quieres decir —le preguntó Lázaro sin poder ocultar su sorpresa— que Macarrón era la abuela?

—Eso es. La dulce, la imprevisible Macarrón era tu abuela, y la niña que por fin nacería en unos meses, ya puedes imaginarte quién fue. Una niña que también vendría al mundo un poco zumbada, y que al hacerse mayor se casaría y tendría a su vez a un niño delgado y pálido al que pondría tu mismo nombre.

El abuelo había sonreído al decir aquello y le miró de reojo esperando su respuesta.

—Te lo estás inventando todo —le dijo Lázaro con una expresión de incredulidad.

—No, no, te lo juro. Sólo que nunca hasta hoy me había decidido a contárselo a nadie. ¡Fíjate que ni siquiera lo sabe tu madre! Supongo que no quería que se sintiera distinta a las otras niñas, ni pudiera reprocharme el no haber sabido darle una madre como las demás. Además tengo pruebas. Están las fotografías de Luciano.

El abuelo alargó la mano hacia la mesilla de noche, y Lázaro se dio cuenta de que buscaba sus llaves. Se las tendió, y enseguida las estaba apretando contra su pecho.

—Hay un cajón... En mi mesa, el cajón de la izquierda. Allí, en una caja de puros, están las fotos de que te hablo.

Mientras decía esto no había dejado de sonreír, aunque de pronto la expresión de su cara se hiciera repentinamente grave, como expresando un gran dolor.

—¿Te sientes mal? —le preguntó Lázaro, que percibió el cambio.

—Un poco —murmuró—. Es un dolor aquí, en el pecho, como si me clavaran un cuchillo.

—¿Quieres que llame al médico?

—¿A estas horas? No, no, ya se me está pasando.

Su respiración se hizo más pausada y su rostro volvió a serenarse. Miraba las cosas como si estuviera despidiéndose de ellas. Las miraba como quien las conoce y se despide ellas.

—Mañana vemos las fotos, ¿quieres? —le dijo tendiéndole de nuevo las llaves, que Lázaro tomó de su mano y volvió a depositar en la mesilla.

Había cerrado los ojos al decir aquello, y a los pocos segundos Lázaro escuchó en él la respiración profunda del sueño. Se levantó con cuidado y llamó quedamente a *Bruma*.

—Anda —le dijo—, vámonos.

Bruma se levantó parsimoniosamente, pues también ella estaba soñolienta, y le siguió hasta su cuarto. Esperó a que Lázaro se hubiera acostado y luego se tumbó a su lado ovillándose junto a sus pies. Mantenía la cabeza erguida y le miraba como si lo hubiera escuchado todo.

—¿A que está mintiendo? —le preguntó.

Pero *Bruma* le seguía mirando como diciéndole: «¿Quién lo sabe? ¿Puede entenderse algo?». Se acercó a ella y la besó tiernamente.

—Pobrecita —le dijo—, no te enteras de nada.

Se acordó del año anterior, de la noche en que la perdieron. Volvieron juntos y, después de la cena, se dieron cuenta de que había desaparecido. La buscaron sin éxito por toda la casa y por fin a Lázaro se le ocurrió abrir la puerta de la calle. *Bruma* estaba en el descansillo de las escaleras sin quejarse, sin emitir sonido alguno. Se había limitado a permanecer cerca de dos horas ante la puerta, esperando a que ellos se decidieran a abrirla, y ahora entraba sin manifestar sorpresa o rabia alguna, porque se había acostumbrado a vivir sin entender. Lázaro pensó en su madre, en su abuelo, y en todo lo que éste acababa de contarle sobre su misteriosa abuela, y le pareció que el misterio no estaba tanto en los hechos tan increíbles de aquella historia como en que su abuelo tratara de convencerle de que habían sido reales. ¿Por qué actuaba de esa forma? ¿Tal vez para decirle eso mismo, que la vida no se podía entender? ¿Entendían los padres a sus hijos adolescentes, solía decirle a menudo, las mujeres a los hombres que las adoraban, los domadores a los animales de los que se hacían acompañar? No, ninguno de nosotros entendía gran cosa de los demás, y por eso la clave de la vida sólo podía consistir en estar al lado de los que queríamos, sin tratar de juzgarles ni pedirles explicación alguna, tomando sólo lo que ellos quisieran entregarnos.

11

Oyó algo y se incorporó en la cama. Eran voces confusas y provenían de la habitación de su abuelo. Se levantó y avanzó silencioso por el pasillo. Su abuelo decía cosas desatinadas, extrañas, la mayor parte incomprensibles. La luz de la calle se colaba en el interior de la casa iluminando tenuemente la cama. Su abuelo permanecía con los ojos cerrados, pero no dejaba de hablar. De vez en cuando se acompañaba con un leve movimiento de manos. De pronto, su voz se aclaró hasta resultar perfectamente inteligible.

—Pero no por eso el infierno dejaba de estar allí —continuó—. Había noches en que se volvía loca y llegaba a darme miedo. Se movía sin descanso por la casa como si temiera ser atacada, que alguien se asomara a una de las ventanas y le tirara una piedra. Gimoteaba, comía hasta ponerse mala y luego devolvía sin mirar dónde. Una vez leía en un libro que el verdadero infierno sólo aparece cuando la bondad abandona a las personas que amamos.

Lázaro se dio cuenta de que su abuelo seguía con el relato de su vida con la muchacha selvática, que arrastrado por la fuerza de sus recuerdos había continuado hablando sin importarle que nadie le pudiera escuchar. ¿O no era así y estaba convencido de que el rumor de sus palabras le haría desandar a él el pasillo para escuchar el final de la historia?

—Por ejemplo —continuó—, lo del niño no fue así. No fue que tuviera mucha fiebre y Macarrón le bañara para bajársela. El niño acababa de morir y le velaban sus familiares. Vivía en una casa muy próxima y oímos los lloros en la noche. Fue a ver lo que pasaba y estuvo en la cocina con las otras mujeres. Rezaban y lloraban, tratando de consolar a la pobre madre. Macarrón volvió fuera de sí. No podía permanecer quieta y constantemente iba a la ventana y se quedaba mirando la casa del niño, las ventanas iluminadas, que en ese caso no señalaban la vida, sino la irrupción amarga de la muerte. No sabría lo que en esos momentos pasaba por su cabeza hasta unas horas después, en que Macarrón se llevó a escondidas el cadáver del niño. Porque había salido de aquella casa con ese único pensamiento, volver cuanto antes y apoderarse de aquel cuerpo quieto que tenía la palidez de la cera y el olor de las flores cortadas y del agua que deja de correr. La pequeña multitud enseguida se movilizó hacia el río, pues alguien había visto a Macarrón dirigirse en esa dirección con el niño cargado a la espalda. Yo escuché los gritos de la gente en la plaza y acudí a ver lo que sucedía. Al verme empezaron a insultarme. «Ha sido la loca», decían. E incluso, aprovechando el barullo, alguien me golpeó con fuerza en un costado como si me hicieran responsable de todo. Culpable de estar con aquella mujer, culpable de haberla llevado al pueblo, de hacerles vivir junto a una salvaje. Empecé a hablar y logré serenar sus ánimos, transmitiéndoles la confianza de que sabía dónde se encontraba y la forma de resolver el asunto. Les pedí que me dieran una hora, después de la cual, si fracasaba, podrían ir a buscarnos. Y, en efecto, no tardé en encontrarla, pues conocía sus escondites. Macarrón estaba a la orilla del río, subida a uno de los árboles, un sauce imponente cuyas ramas se vertían sobre el cauce como una cascada verde. El niño estaba con ella. No le había tocado y su cuerpecito blanco colgaba en una de las horquillas del árbol como si fuera el de un animal recién capturado. Había en él un brillo extraño y tu abuela lo miraba con una atención suprema, como si la muerte no fuera algo terrible sino una adivinanza que había que resolver. Y empezó a tocarle con el dedo, a darle empujoncitos, como preguntándose por qué no le contestaba, por qué no atendía a sus llamadas y no abría sus ojos o movía sus miembros en respuesta a esa solicitud. Por eso, al verme, corrió hacia mí y se echó en mis brazos, buscando esa respuesta, una respuesta que sin embargo yo no podía darle, porque lo que pasaba era que el niño llevaba muerto cerca de doce horas y nadie en el mundo podía devolverle la vida. Macarrón gemía débilmente y empezó a lamerme la camisa, a lamerla hasta empapar por completo su tela y poder percibir a través de ella el calor de mi piel, y yo la estuve consolando. Luego subí al árbol a por el niño y regresamos al pueblo. La gente nos esperaba arremolinada ante la puerta de la casa y, al vernos, corrieron a nuestro encuentro. Me dirigí a la madre del niño y le entregué el cuerpecito yerto, que ella se aprestó a coger entre lágrimas. La conocía. Se llamaba Julia, y éramos amigos, pues habíamos jugado juntos de niños. Tenía mi misma edad, pero las maternidades sucesivas y, sobre todo, el dolor infinito que sentía por aquella muerte, la habían transformado casi en una anciana. No me hizo ningún reproche, se limitó a encogerse de hombros como diciendo «¿y qué si se lo hubiera llevado?». Por unos momentos la tuve abrazada contra mi pecho. Una de las mujeres empezó a insultar a Macarrón y al momento se sumaron las otras. Muy pronto no les bastaron los insultos y se pusieron a pegarla. Yo trataba de defenderla, pero muchas veces los golpes iban dirigidos a mí. Una de ellas, que parecía un animal rabioso, la golpeó con un palo. Macarrón se tambaleó y cayó al suelo de rodillas, momento en que arreciaron los golpes. La situación empezaba a ser alarmante cuando intervino la pareja de la guardia civil, que dispersó a las agresoras. Parar evitar que se repitieran aquellos excesos se ofrecieron a acompañarnos a casa. El cabo estuvo muy atento con Macarrón, que estaba tan cansada y maltrecha que apenas podía andar. Llegó a llevarla casi en brazos el último trecho del camino, hasta llegar a la misma puerta, donde se despidió de nosotros no sin advertirme que me quedara tranquilo, porque esa noche vigilaría la casa. Era un hombre muy infeliz. Vivía solo, y se decía que su mujer le había abandonado inexplicablemente a los pocos días de la boda. Desde entonces no había levantado cabeza y creo que vio en Macarrón la imagen de su mujer desaparecida. Quién sabe por qué. Tal vez porque ambas habían recibido el don oscuro de la belleza, y la belleza es reconocimiento, sí, pero también desesperación, pues siempre lleva consigo la sombra de la amenaza y el daño. «Deberías llevarla a un médico», me dijo al despedirse. Se refería a un psiquiatra, pues pensaba, como todos los otros, que Macarrón estaba loca. Pero no, no lo estaba. Pertenecía a otro mundo, un mundo frenético, lleno de terribles necesidades, pero también de inesperadas delicadezas. Un mundo en que se alternaban las maravillas y los horrores, como sucede en todos los mundos que existen.

El abuelo permaneció unos minutos en silencio. Sus últimas palabras las había dicho en medio de una gran dificultad, como si sintiera el peso de algo tan inasible como demoledor sobre su pecho y apenas pudiera respirar.

—Unos meses después —continuó—, Macarrón dio a luz a una niña. Cuando volví del trabajo ya había nacido. Ella sola se había ocupado de parir, de atar el cordón umbilical y de limpiar la sangre. También de bañarla y vestirla, de modo que cuando regresé del campo ya estaban allí las dos, hechas un ovillo que olía a polvos de talco y al sabor agrio y dulce de la leche. Fueron los meses más hermosos de mi vida. Macarrón estaba feliz y todo el tiempo se lo pasaba ocupada en cuidar a su pequeña. Aunque la asaltaran repentinos temores y necesitara ir enseguida a su cuna para comprobar si seguía respirando, porque vivía obsesionada con la idea de que pudiera pasarle lo mismo que al niño cuyo cuerpo había robado.

Abrió los ojos y volvió la cabeza.

—¿Cuánto tiempo llevas ahí? —le preguntó sin manifestar demasiada sorpresa, como si sólo estuviera fingiendo que no se había dado cuenta, porque en todo ese tiempo había estado hablando para él.

—El año que viene te voy a comprar una moto. Claro que tendré que hacerlo a espaldas de tu madre, para que no se lleve el susto de su vida. Si fuera por ellas, las madres, los hijos estarían siempre atados a la pata de la silla.

Le dijo que él siempre había tenido una moto. A su abuela le encantaba que la llevara de paseo en el asiento de atrás. Tomaba las curvas tan deprisa que la hacía gritar de placer.

—Abuelo, tienes mucha fiebre.

Estaba muy mal, pero eso no le impidió sonreír.

—¿De qué te ríes? —le preguntó.

—No, no me río. Sonrío porque me acuerdo del cabo.

Dijo esto como dando a entender que sabía que le había estado escuchando y que no tenía que ponerle al tanto de los antecedentes de esa parte de su relato.

—Pasó una cosa con él. Tras la noche de la agresión, cogió la costumbre de pasarse por nuestra casa cuando terminaba su servicio. Bueno, durante un tiempo, lo hacía casi todos los días. Al principio era muy silencioso y se limitaba a sentarse conmigo en la cocina y a quedarse mirando a tu abuela y a tu madre. Le encantaba sobre todo que le dejara bañar a tu madre. Y era cosa de ver a aquel tío tan grande, vestido de guardia civil, bañándola mientras ella pataleaba en el agua como si hubiera sido formada para un mundo más noble que el nuestro. Pero no era a ella a la que iba a ver, aunque le gustara sobremanera, sino a tu abuela.

Vaciló unos momentos antes de continuar.

—Macarrón era tu abuela. ¿Te he dicho por qué la llamaba así?

Lázaro asintió con la cabeza.

—Ah, bueno, está bien, está bien... —murmuró con un desconcierto fingido—. La maternidad la había vuelto más hermosa si cabe y él no le quitaba ojo porque le recordaba a su propia mujer. Aún hacía otra cosa. Empezó a traernos sus ropas. No sólo la ropa de calle, sino la interior, los camisones, los sostenes, las bragas. «¿Para qué me sirven a mí?», nos decía. Tu abuela lo cogía todo sin dudar, iba a su cuarto y volvía vestida con aquella ropa. El cabo la miraba radiante de felicidad, pero al regresar a su casa sufría de una forma increíble, pues ver a tu abuela así vestida despertaba en él los recuerdos de su mujer. Yo trataba de decírselo. «Te estás volviendo loco, esto acabará contigo. Sal, aún eres joven, no puedes condenarte a la soledad.» Pero él negaba con la cabeza. «Os tengo a vosotros», me decía con una sonrisa que te desarmaba. Un día, al llegar a casa, él estaba allí. No te vas a creer cómo, fregando el suelo de la cocina. «Estoy ayudando a Macarrón», me dijo continuando su tarea con una rara naturalidad. Y eso que estaba a gatas, y ¡en calzoncillos!, ya que para no mancharse se había quitado el uniforme y lo había puesto en el respaldo de la silla. A partir de ese día empezó a ser habitual que me lo encontrara a mi vuelta del trabajo ocupado en las tareas domésticas. Cocinaba, fregaba los cacharros, tendía y planchaba la ropa, las tareas en suma que habría tenido que hacer tu abuela que, como es natural, estaba feliz con su ayuda. Una mañana de domingo me despertaron ruidos que venían de la cocina. Me levanté y allí estaba el cabo plancha en ristre, entre montones de ropa. «He venido a adelantar un poco la labor», me dijo, animándome a que volviera a la cama. Iba cada vez más a menudo, y podía presentarse a las horas más imprevistas e inconvenientes. Por ejemplo, cuando aún estábamos acostados. Ponía en orden la casa y se iba, dejándonos notas con las cosas que teníamos que hacer y que comprar. Incluso entraba en nuestro cuarto y sin importarle que estuviéramos en la cama, despertaba a tu abuela para preguntarle algo. «Macarrón —le decía al oído—, dónde pongo las toallas.» Una noche llamaron a la puerta. La abrimos y él estaba allí, grande y pletórico como las caballerías. «Vengo a pediros cobijo —murmuró—, la casa se me cae encima.» Era sábado, y venía con el pijama, la camisa y la muda del día siguiente, el cepillo de dientes y los bártulos de afeitar. Venía a quedarse a dormir y su expresión era de tal desamparo que no supimos decirle que no. La verdad es que yo empezaba a estar harto de encontrármelo hasta en la sopa, pero a tu abuela aquellas visitas le divertían sobremanera y terminé por aceptarlas de buena gana, ya que nada deseaba más que tu abuela se sintiera feliz. Pero esa noche no terminó ahí. Le hicimos la cama de los invitados y después de la cena nos fuimos a dormir. A media noche la niña, que dormía en nuestro cuarto, se puso a llorar. Iba a levantarme para atenderla cuando vi al cabo detenido ante la cuna. «Chiss —me dijo—, tú duerme, que yo me ocupo de todo.» Vi cómo salía del cuarto con la niña en los brazos y sentí sus pasos en dirección a la cocina. Poco después me levanté yo también. Le había dado el biberón, la había cambiado. Yo no sabía qué decirle, porque todo en él era irreprochable. Es más, hacía las cosas sin esfuerzo, mostrando una gratitud infinita, como si fuéramos nosotros los que le estuviéramos haciendo el favor. «No he conocido a un hombre más generoso que tú», me decía mientras planchaba mis calzoncillos o una de mis camisas, y a mí se me partía el corazón. Pero, claro, al sábado siguiente volvía a presentarse con el pijama y empezó a hacerlo todos los fines semana, salvo aquellos en que le tocaba guardia en el cuartelillo. Ni siquiera nos pedía permiso. Le abríamos la puerta y se dirigía en silencio al cuarto de los invitados, donde dejaba sus cosas. Luego se reunía con nosotros en la cocina, y la verdad es que lo pasábamos bien. Sobre todo tu abuela que, a su lado, no paraba de reírse. Jugábamos a las cartas, bailábamos entre los muebles. Había traído una radio y escuchábamos los programas musicales. Una vez llamó a una de las emisoras para dedicarnos una canción, creo que era *Montañas nevadas* . Y, por las noches, se ocupaba de la niña. Era como si durmiera con el oído pegado a la puerta. La niña rebullía un poquito y ya le teníamos allí, detenido ante su cuna. Pero una noche tampoco necesitó esa excusa para plantarse en nuestro dormitorio. La niña dormía tranquila y cuando abrí los ojos él estaba a los pies de la cama. «No puedo dormir», me dijo, con los ojos alelados de los terneros. Se sentó en la cama, y a mí me bastó con mirarle para saber lo que quería. Supongo que cuando se acepta una extravagancia se pueden aceptar todas. ¿Cómo podía extrañarme algo? Tu abuela se subía a los muebles, cazaba palomas que se comía a escondidas, escupiendo por los rincones los huesecillos y las plumas, y regalaba lo que pillaba al primero que llamaba a su puerta. En aquella casa todo parecía posible, hasta que un cabo de la guardia civil, grande como un caballo, almidonara en uniforme, con correajes y todo, la ropa blanca. Y ahora me pedía que le dejara dormir con nosotros, y a mí, qué quieres que te diga, no me pareció tan raro, y todo lo que hice fue apartarme un poco para dejarle un lugar a mi lado. Pero el cabrón no se conformó con eso y a la mañana siguiente, cuando me desperté, se había cambiado para el de tu abuela. Estaba dormido como un bebé gigantesco, y el cuerpo de tu abuela no abultaba ni la mitad que el suyo. Era como si hubieran acostado juntos a un cordero y a un toro. Cuando se despertó hablé con él. «Cabo —yo le llamaba cabo—, te estás pasando.» Se echó a llorar como un niño, me hizo salir al patio, entrar en la panera, donde buscó el rincón más oculto. Allí me reveló su terrible verdad. Estaba castrado. Había sido en un accidente, con una granada que le explotó accidentalmente. Lo había perdido todo y estaba liso como las mujeres, que hasta para mear tenía que hacerlo en cuclillas como hacen ellas. Ésa era la causa de que su mujer le hubiera abandonado. Se enamoró de ella y luchó día a día por revelarle la terrible verdad, pero no se atrevió. Llegaron a casarse, y el viaje de novios fue un infierno. Hasta que por fin se lo dijo. Su mujer le dejó plantado esa misma noche. Lo hizo a escondidas, dejándole toda su ropa, y nunca más volvió a verla, que cuando trató de hacerlo visitando su antigua casa, fue su padre el que le recibió en la puerta y quien le dijo que se fuera de allí, amenazándole con contárselo a todos si volvía a intentarlo. El cabo se echó a llorar como un niño. Y era cosa de verle, porque el ruido que hacía era espantoso, que hasta los animales del establo dejaron de comer y se le quedaron mirando, como preguntándose qué tragedia podía provocar que un hombre tan fuerte llorara de esa manera. El caso es que no volvió a visitarnos. Desde aquella confesión empezó a rehuirme, sin duda porque se sentía avergonzado, y aunque fui varias veces al cuartelillo y hablé con él, no conseguí hacerle entrar en razón. «Cabo —le decía—, tienes que volver a casa. Macarrón y la niña te echan mucho de menos.» Pero él se limitaba a mover la cabeza negando. Luego se fue. Cambió de destino y le perdimos por completo la pista. Recibí una postal desde Cádiz, muchos meses después. Había dejado la Guardia Civil y hablaba de embarcarse para Venezuela. Pero no sé si llegó a hacerlo, porque ésa fue la única vez que me escribiría. Mientras tanto, mis relaciones con tu abuela se habían ido haciendo más y más difíciles. No a causa mía, que en todo procuraba complacerla, sino de su creciente inquietud. Creo que cada vez se acordaba más de su mundo, y se le hacía más difícil su estancia en aquella casa, a pesar de la atracción que la niña ejercía sobre ella. Se escapaba de noche y se quedaba absorta mirando la luna, o cuando íbamos de paseo al menor descuido se subía a los árboles, donde podía permanecer horas enteras absorta en la contemplación de los pájaros y en el temblor de las ramas y de las hojas. Cuando paseábamos por el río era aún peor. Se lo quedaba mirando sin pestañear, concentrada en el correr del agua, que observaba con la dolida expectación de quien parece estar esperando que de un momento a otro le sea revelada la clave de sus días y de sus penas. Al llegar el buen tiempo la situación mejoró algo y volvimos a hacer excursiones. No había nadie más feliz que ella cuando por fin dejábamos atrás las últimas casas y nos encaminábamos a las vegas rumorosas y libres. Corría agitando sus brazos entre las ramas de los árboles, nadaba y chapoteaba en el agua. Era una magnífica buceadora y podía permanecer hasta varios minutos en las profundidades sin necesidad de respirar. Cuando salía, tenía los ojos brillantes, como si allí en las profundidades hubiera estado en tratos con otras vidas, otros sueños, otros reinos llenos de placeres y contrastes insospechados de los que los hombres no sabíamos nada. A veces regresaba tan agotada que se tumbaba en la hierba con los ojos cerrados y entonces era dulce, y todo me lo consentía. Recuerdo que me acercaba a ella sin pronunciar una sola palabra, y la tomaba de la cintura o los hombros de la misma forma en que habría podido sostener una flor por el tallo e inclinarme para aspirar su aroma. No necesitábamos hablar, de ahí que nuestro lenguaje consistiera exclusivamente en mimos y besos y en hacernos el amor en silencio. Sin embargo, sabía que no era eso lo que ella quería, que se limitaba a aceptarlo como sustitución de lo que sólo alcanzaba a entrever en sus visitas al lecho hondo del río, algo más decisivo y loco de lo que yo no sabía nada. Y me di cuenta de que me parecía al cabo, en su viaje de novios, y de que tu abuela era como aquella mujer que, desolada, había descubierto la terrible verdad de su compañero. Ambas querían algo que nosotros no teníamos, que no les podíamos dar. Y tal vez, ahora que lo pienso, eso pase siempre, y los hombres no tengamos nunca lo que las mujeres necesitan. Me parece que ésa es una ley de la naturaleza. No tenemos lo que ellas quieren, lo que ellas están esperando que les demos. Los hijos las aplacan por un tiempo, porque tal vez esa relación con los recién nacidos sea la que más complace a una mujer, pero tampoco eso les basta. Al menos cuando, pasados los primeros años, los niños crecen y dejan de necesitarlas. Entonces los viejos deseos se adueñan de sus corazones y se vuelven desconfiadas y ariscas, pues nada puede calmarlas. Y necesitan el Valle, las carreras bajo los árboles, las inmersiones en el río. No la prudencia de Miranda, sino la locura y la levedad de Ariel. Y eso le pasó a tu abuela, que el espíritu de Ariel volvió a reinar en su pensamiento, aunque no le fuera fácil tomar la decisión de marcharse. Tuvo que intentarlo tres veces antes de que llegara la definitiva, que fue una noche de verano después de una larga jornada de baños en el río y cuando más a gusto parecía encontrarse. No me cogió de sorpresa, pues lo esperaba desde el primer momento que compartimos. La veía deambular por la casa, con aquella mezcla de extrañeza y melancolía, y sabía que se marcharía. Y lo pensaba sin reproches, aceptando cada jornada que pasaba a mi lado como un regalo tan inmerecido como sin porqué. Pero cuando por fin lo hizo, estuve a punto de enloquecer. No estamos preparados para la pérdida de lo que amamos y eso nos vuelve locos. Sin embargo, no debería ser así. El agua que vemos correr en la mañana no es la misma que tuvimos el día anterior entre los dedos, ni la luna que se dibuja en el cielo nocturno es aquella ante la que nos prometimos amor constante. Todo cambia, todo fluye sin descanso, todo se transforma y se aleja. ¿Acaso no lo hacen las cigüeñas, las golondrinas, los vencejos cuando llegan los primeros fríos? ¿Por qué los que amamos no habrían de hacer lo mismo, irse hacia otro lugar, otras tierras, buscando vidas y gozos distintos, una estación más propicia para lo que nosotros no acertamos a darles?

La respiración del abuelo se había hecho más y más agitada al decir aquello, y en su rostro apareció una expresión de dolor. Lázaro tocó su frente, que estaba ardiendo. Entonces empezó a decir cosas incoherentes. Por momentos, se reconocían fragmentos de historias que le había contado. La historia de Pascual, el cordero, de su vida en el Valle, hechos de la antigua guerra... Pero todo mezclado, como si las páginas en que los hombres escribían los hechos de sus vidas fueran de arena y antes o después tuvieran que confundirse entre sí. Por fin logró descansar un poco. También Lázaro se quedó dormido, hasta que le despertaron las campanas. Eran las ocho, y su abuelo seguía durmiendo, aunque muy intranquilo. Tenía una fiebre muy alta y su aspecto era el de un hombre absolutamente agotado. Lázaro esperó aún otra hora antes de llamar al médico.

Fue enseguida a verle y le estuvo examinando. El abuelo apenas se dio cuenta de que lo hacía. De vez en cuando decía cosas, aunque le entendían con dificultad. Se quejaba de picores por todo el cuerpo.

—Creo que deberías llamar a tu madre —le dijo el médico a Lázaro cuando terminó su reconocimiento—. Dile que venga cuanto antes. Tu abuelo se está muriendo.

Lázaro le acompañó hasta la puerta, conteniendo a duras penas el deseo de llorar. Oyó a *Bruma* ladrar desde el servicio. Le pedía agua. Se había acostumbrado a que el abuelo le diera de beber en el lavabo. Abría el grifo y ella se ponía de pie y bebía.

—*Bruma* —le dijo cuando terminó, al tiempo que la abrazaba estrechamente contra su pecho—, el abuelo está muy enfermo. El médico ha dicho que se va a morir.

Pero *Bruma* no le escuchaba, lo único que quería eran sus caricias.

Habló por teléfono con su madre, que esa misma tarde llegaba al pueblo en el autobús. El abuelo mientras tanto había empeorado. Su sangre estaba envenenada y no respondía a los antibióticos. De hecho, no había vuelto a recuperar el pleno uso de su conciencia.

Cuando escuchó la voz de su hija en el dormitorio, abrió un momento los ojos. Tenían la transparencia del agua de las fuentes, y les dedicó una sonrisa.

—Ah, estáis los dos aquí —murmuró con una inesperada claridad—. ¡Qué importante soy!

Se estuvieron abrazando. Lázaro supo que era la última vez y pasaron ante sus ojos muchos de los momentos de su vida en común. Cuando iban a pescar, cuando se detenían en El Socialista a comer cacahuetes, cuando paseaban por la vega del río.

—Recuerda —le dijo el abuelo al oído—, la llave negra. Ahora eres tú el guardián del secreto.

Lo dijo con una sonrisa que significaba que no tenía que llorar. Y fue como si le diera algo, algo que a su vez él había recibido de otro y que ahora ponía ante él. Algo que los hombres no habían dejado de pasarse de unas manos a otras desde que el mundo era mundo.

El abuelo no volvió a recuperar la conciencia y esa misma noche expiraba dulcemente. Lázaro y su madre se pusieron a llorar. En ese instante, mientras se abrazaban, Lázaro vio a *Bruma* en el umbral de la puerta. Tenía la cabeza y el rabo muy erguidos, y supo por su expresión que estaba esperando que la sacara a la calle. Sólo lo había hecho una vez en todo el día.

—Pobrecita —le dijo, yendo hacia ella y abrazándola contra su pecho—, me había olvidado de ti.

Bruma miró a su alrededor con una expresión de impaciencia. El abuelo yacía inmóvil sobre la cama, y la madre de Lázaro estaba sentada a sus pies con los ojos enrojecidos de tanto llorar, pero *Bruma* no daba a aquellos hechos mayor importancia. No veía diferencias entre la vida y la muerte, porque era un ser inocente. «¿Pero es que no vamos a cenar?», parecieron preguntarle sus cálidos ojos.

12

Al entierro asistió todo el pueblo. Fueron el señor Ramón y el señor Luciano; fueron los vecinos y los conocidos; y fueron Alba y sus amigas. Lázaro las vio a la puerta de la iglesia y las saludó levantando la mano. Se habían puesto faldas y tenían los rostros muy pálidos y los pelos recogidos con cintas y gomas. Después de la misa se dirigieron al cementerio. No estaba muy lejos y llevaron el ataúd a hombros. La tarde era muy clara y el cielo estaba sin nubes. Lo cruzó una cigüeña. Sus alas destacaban sobre el azul como las velas de un navío. Lázaro iba junto a su madre, que todo lo miraba con ojos alucinados y dolientes, como si no terminara de entender lo que estaba pasando. En el fondo de una calle vieron a Toñín, que se arrodilló y se puso a santiguarse al ver pasar el ataúd. A su lado estaba el carrito de las gaseosas. Lázaro se imaginó a su abuelo metido en una de aquellas botellas. El alma de los hombres abandonaba sus cuerpos en el momento de la muerte y se transformaba en gas y en agua azucarada. Cada botellita de Toñín tenía un alma dentro. Un alma que, al quitar la chapa, se transformaba en alocadas burbujas y se iba en busca de nuevas aventuras, porque el alma de los hombres no podía estarse quieta en ningún lugar. Poco antes de llegar al cementerio Alba y sus amigas le alcanzaron. Todas ellas le fueron besando. Un beso en cada mejilla. Diez en total, pues había una nueva.

—Mira, ésta es Mariu —le dijo Marieli—. Es de Segovia.

Mariu tenía el pelo recogido con una cinta y llevaba pintados los labios. Cuando se fueron a besar en las mejillas, sus bocas se rozaron fortuitamente y los dos se elevaron por un momento sobre la desolación y la tristeza.

—¿No has visto a Sócrates? —le preguntó Alba, a quien no pasó desapercibido lo que acababa de suceder—. Nos dijo que iba a venir.

El cura rezó los responsos, y, después de bendecir teatralmente el ataúd, lo bajaron al interior de la fosa. Su tapa brillaba como si la hubieran frotado con aceite. ¿Estaba allí su abuelo? Lázaro se había acercado a darle un beso antes de que cerraran la caja y, aprovechando un descuido, introdujo en su bolso la pipa, el tabaco y la caja de cerillas. Se imaginó a su abuelo esperando a que se hubieran ido para fumarse a solas una pipa. Una pipa con la que se despediría para siempre de todo. Lázaro y su madre volvieron a abrazarse, porque sabían que no le volverían a ver.

A la salida, se situaron junto a la puerta del cementerio. Vecinos y conocidos formaron una cola ante ellos. Todos empezaron a pasar para darles el pésame. Alba y sus amigas también estaban en la cola. Al llegar a su altura, Alba, después de besarle, señaló en dirección a una loma.

—Mira —le dijo—, es Sócrates.

Sócrates estaba allí, inmóvil en la distancia, mirando fijamente en esa dirección. Había encendido una hoguera, y las llamas aleteaban a sus pies, como los espíritus de los hombres que admiraba, gángsteres, lobos de mar, buscadores de tesoros, esos hombres que ni en las situaciones más adversas contemplaban la posibilidad de la renuncia. No dejaba de prepararse para algo que no sucedería nunca.

Al terminar, Lázaro y su madre fueron a casa de unos familiares. Ninguno de los dos tenía hambre, pero ellos se empeñaron en darles de comer. Luego, su madre se acostó un poco, pues estaba muy cansada de todo el trajín y las emociones del día. Lázaro salió a la calle y fue derecho a casa de su abuelo. Tenía la llave negra en su bolsillo y quería abrir el cajón en que el abuelo guardaba sus secretos.

Bruma le recibió en la misma puerta, y tuvo que dedicar unos minutos a acariciarla. Luego se dirigieron al comedor. Abrió el cajón con un temor casi religioso. No había grandes cosas. Documentos antiguos, cartas de banco, folletos de publicidad. Empezaba a sentirse decepcionado cuando vio un sobre. Era más grande de lo habitual y tenía escritas, en grandes letras mayúsculas, dos únicas palabras, EL VALLE. Lo abrió con el corazón latiéndole atropelladamente. Eran las fotografías de que le había hablado el abuelo. Estaba la serie completa que el señor Luciano les había hecho en la cama, cuando Macarrón hibernaba. Pero había una fotografía más sorprendente aún. Un fotografía en que se veía a su abuelo y al señor Luciano de jóvenes, vestidos de soldados, rodeados de siete muchachas idénticas. Siete muchachas que en todo se confundían con la de la cama. Había sido tomada en un bosque. Permanecían semidesnudas, y el señor Luciano tenía en una de sus manos el cable del disparador de la cámara. Estaba sentado en un tronco, y dos de las muchachas se arremolinaban a su lado mientras que otras tres lo hacían en torno a su abuelo, que era un muchacho apuesto, con el pelo y los ojos negros, y una expresión animosa y risueña. Una cartuchera le cruzaba el pecho de un lado a otro, y sostenía un rifle en sus manos. Alguien había escrito sobre una de las chicas el nombre de Macarrón, acompañado de una flecha, 14 de septiembre de 1936. Macarrón estaba en una esquina de la fotografía, un poco apartada de los demás, pero no había duda de adónde miraba, ni el tipo de emoción que parecía embargarla. Mirada y emoción eran plenamente correspondidas por su abuelo, que apenas reparaba en las muchachas más próximas y tenía su rostro levemente vuelto hacia ella, de forma que sólo parecía atender lo que le estaban diciendo sus ojos.

Lázaro no sabía qué pensar, pues todas aquellas muchachas eran la imagen repetida de su abuela. Incluso llegó a ir al comedor, donde estaba la fotografía de sus abuelos cuando ambos eran jóvenes y se acababan de conocer. La comparación no ofrecía dudas. La mujer de esa fotografía, tomada en el patio moro del Monasterio de las Claras, era la misma que la de la serie de la cama, y la que, multiplicada por siete, aparecía en la foto del bosque. Una mujer joven que había sido fotografiada en un plazo de tiempo muy breve, pues en todas ellas tenía la misma edad. Aún se fijó en otro detalle: en la fotografía del Monasterio, su abuela danesa, a pesar de ir perfectamente arreglada de calle, estaba descalza, y se acordó de lo que su abuelo le había contado de Macarrón, que al no soportar los zapatos, también acostumbraba a estar casi todo el tiempo sin ellos. Le bastó reparar en ese detalle para que volvieran a arremolinarse en su pensamiento los sucesivos episodios de aquella historia tan extraña: el encuentro en el bosque, la noche de los vuelos, la escena en que su abuelo y el señor Luciano descubrieron la afición de las muchachas a la carne humana.

¿Qué había de cierto en todo aquello? ¿Había existido ese lugar?, ¿su abuela era una de las gigantas del bosque? Sus ojos se fijaron en el señor Luciano, que a pesar de su seriedad no podía ocultar, mientras sostenía el cable del disparador, una expresión de sorna. Entonces se acordó de la foto del señor Ramón. De aquel equipo de fútbol tan peculiar, con el jugador negro y las avestruces en las gradas, y creyó entenderlo todo. Las fotografías estaban trucadas, eran el producto de delicadas manipulaciones que, con técnicas de su invención, el señor Luciano llevaba a cabo en su laboratorio, en los tiempos en que la fotografía era su única pasión. Pero enseguida le volvieron las dudas. Si era así, y había llegado a esa perfección absoluta,

¿por qué dejó de hacerlas cuando más orgullo podían darle, limitándose a llevar una vida de olvido y pobreza extrema? Aún más, ¿por qué su abuelo había rodeado aquellas fotografías de semejante misterio, llegando a dedicar a la cimentación de su leyenda los últimos y más preciosos momentos de su vida? ¿Qué había pasado de verdad en aquel tiempo, y qué era lo que ocultaban entre los dos? Se dio cuenta de que tenía que ir a hablar con el señor Luciano, pues sólo él podía ayudarle a conocer la verdad. Metió las fotografías en el cajón, que volvió a cerrar con llave, y llamó a *Bruma* , que enseguida estaba en la puerta meneando su rabo.

—A la calle —le dijo—. Vamos a ver al pajarero.

Se encaminaron juntos al río. Estaba atardeciendo, y los vencejos volaban sin descanso buscando su ración de insectos. Volaban de un lado a otro como si fueran traídos y llevados por el viento. Muy pronto divisó la casa del señor Luciano. Ya había regresado del campo, pues tenía las redes tendidas junto a la pared. Se acercó a la puerta y llamó inútilmente varias veces.

—¿Hay alguien? —exclamó empujando la puerta, que cedió sin problemas.

Se asomó al interior y volvió a llamar sin obtener respuesta. La casa constaba de una única estancia, con una pequeña cocina y una cama. Estaba muy desordenada, aunque su olor no era el olor rancio de la pobreza, ni el de la suciedad, sino el olor delicado del campo. Insistió otra vez.

—¡Señor Luciano! ¿Está usted ahí?

Le buscó inútilmente por los alrededores, hasta que se decidió a entrar. Volvió a maravillarle aquel olor y se preguntó de dónde podía proceder. Sus ojos repararon en unas fotografías que estaban sujetas con chinchetas en la pared. Todas eran de Niña Susana. Niña Susana estaba muy guapa, con aquel pelo negro derramándose por sus hombros como un trozo de noche, y un ligero vestido de flores. Y siempre había pájaros a su alrededor. Esto era lo extraño, porque los pájaros, que eran de todas las clases, algunos de aspecto desconocido para él, estaban a su lado y no le tenían miedo. Aún más, en una de las fotografías se veía a Niña Susana sentada en la cama, y los pájaros se habían posado sobre sus muslos y hombros. No era la imagen de una persona enferma o drogada. No parecía estar triste, ni estar cumpliendo un penoso deber. Por el contrario, nunca la había visto así de conforme y feliz. Era como si, después de tanto buscar, hubiera encontrado el sitio donde el cielo se inclinaba sobre la tierra y la besaba y daba su absolución. Y se acordó de la frase que ella misma había utilizado para hablar de aquellos encuentros. «El señor Luciano es el rey David». Vio la cámara de fotografías. Estaba situada en una mesa, bajo la ventana, junto a una pequeña puerta. Una puerta con un rótulo gastado, en el que se leía LABORATORIO, y con una bombilla roja sobre el dintel.

«Todo se lo inventa —pensó con los ojos llenos de lágrimas—. Cambia las cosas para hacerlas parecer mejores de lo que son.»

Pero al abrir la puerta vio el laboratorio abandonado, con las cubetas llenas de telarañas y el suelo cubierto de una capa de polvo. Un polvo que era él el primero en pisar en muchos años, como revelaban las marcas de sus pisadas. Creyó oír un ruido y salió a toda prisa cerrando la puerta tras él. Pero seguía estando solo. Entonces volvió a percibir aquel olor extraño, dulcísimo. ¿De dónde venía? ¿Quién era de verdad el señor Luciano y qué secretos había compartido con su abuelo durante aquella guerra remota de la que no dejaban de hablar? Cogió de la pared una de las fotos de Niña Susana y salió al exterior. El señor Luciano seguía sin aparecer, y decidió marcharse. Lo hizo cada vez más deprisa, sin volver la cabeza, temiendo que pudiera regresar y llamarle. No sabía si aquella casa era el lugar del engaño o el de la verdad.

13

A su madre sólo le habían dado dos días de permiso, y decidieron viajar a Madrid a la mañana siguiente. Trabajaba en un supermercado, y el dueño era tan estricto que cada día, antes de marcharse, las empleadas tenían que enseñarle el interior de los bolsos para que él pudiera comprobar que no se llevaban nada. Regresarían al pueblo en Navidades. No era mucho tiempo, pues estaban a principios de septiembre. Entonces decidirían lo que iban a hacer con la casa. *Bruma* se quedaba por el momento, porque en el autobús no dejaban viajar a los perros. Un pariente iría a Madrid en los próximos días y la llevaría con él.

Esperaban al autobús en la carretera cuando aparecieron Alba y sus amigas. Se habían enterado de su marcha y venían a despedirse. Le entregaron un pequeño paquete. Lázaro lo abrió con cuidado, pues iba envuelto en un papel muy fino y no quería rasgarlo.

Era un cuaderno de hojas blancas y gruesas, cuya textura recordaba las hojas de las moreras.

—Es para que escribas tus pensamientos —le dijo Silvia, que no podía estarse callada.

Estaban muy nerviosas, y como no sabían qué hacer, tal vez porque la madre de Lázaro estaba presente, Amalia empezó a contarle cosas de la tienda. Se dieron cuenta de que Lázaro no las escuchaba y no quisieron insistir.

—Bueno, te dejamos —dijo Alba.

Ya se estaban alejando cuando se detuvo un momento y volvió la cabeza.

—Acuérdate de nosotras, ¿vale?

Lázaro respondió con una sonrisa. Iban todas juntas y parecía que en cualquier momento podría vérselas corriendo por las paredes y los tejados de las casas.

Bruma se reunió con ellos antes de lo previsto, pues a su pariente, que era taxista, le salió un viaje inesperado a Madrid. Fue también él quien les llevó la noticia de la muerte de Niña Susana, a la que encontraron flotando en las aguas del río, y de la pelea entre Sócrates y El Pelao. Sócrates perdió la cabeza al conocer el suicidio de Niña Susana y se fue en busca de los Canales armado con una navaja. El Pelao y uno de sus hermanos terminaron en el hospital, y Sócrates en la cárcel. Se hablaba de que la condena sería rigurosa, pues tenía un largo historial de reincidencias. Lázaro se quedó desolado al escuchar las noticias. Simpatizaba con Sócrates y pensaba que si actuaba así era porque la vida se había puesto siempre en su contra. También se acordaba de Niña Susana, que le parecía una chica muy inteligente y dulce a quien tampoco había favorecido la suerte.

Dos días después Lázaro recibió carta de Alba.

Querido Lázaro:

Ya sabes lo que pasó con Sócrates. Las últimas noticias no pueden ser más penosas, pues parece que nada le librará de la cárcel. Me da muchísima rabia, porque el Pelao bien merecida se tenía la lección que le dio. En el pueblo no se habla de otra cosa. Dicen que si Niña Susana estaba drogada y que si anduvo toda la noche bebiendo, pero a mí me parece que, aunque esto sea cierto, lo del río lo hizo porque quiso. Porque estaba harta de todo, que la vida que le hacían llevar sus hermanos no era vida ni nada.

El otro día fuimos a verla al cementerio y ¿a ver si sabes quién estaba allí? El señor Luciano. Le había llevado flores y estaba limpiando la tumba con un pañuelo. Nos preguntó si habíamos sido sus amigas y, cuando le dijimos que sí, quiso saber nuestros nombres y los de nuestros padres. «Niña Susana tendría más o menos vuestra misma edad», murmuró mientras terminaba de arreglar las flores, que hacían de aquella tumba la más alegre de todas. Porque eso sí, a Niña Susana, que en vida nunca tuvo dónde meterse, unos primos albañiles le han hecho una tumba que parece una casita pequeña y cuando te la imaginas allí dentro, es difícil no pensar que hasta debe de encontrarse a gusto descansando de tantas fatigas como ha tenido que pasar en esta vida. Entonces se puso a cantar un pájaro y el señor Luciano nos mandó callar poniéndose el dedo en los labios. Se quedó un momento con los ojos cerrados, escuchando ese canto, y nos dijo que era un ruiseñor y que era muy difícil oírles en esa zona, porque solían gustarles las espesuras y los lugares alejados del hombre. Aquel canto era muy bonito y único, que ninguna de nosotras, a pesar de todo lo que hemos andado por el río, recordábamos haberlo escuchado alguna vez. «Vienen a cantar para ella», nos dijo señalando la tumba con una sonrisa. Cuando se despidió, vi que tenía los ojos llenos de lágrimas, y a mí me dio pena y me estuve preguntando si no habríamos sido injustas tratándole tan mal. También me acordé de tu abuelo diciéndonos que no debemos juzgar a los demás, porque aun en el hombre más insignificante cabe el mundo entero con todas sus maravillas y horrores.

¿Cuándo vas a venir? Aquí estamos aburridas como ostras y no hacemos más que hablar de lo bien que lo pasamos este verano. ¿Te acuerdas de aquella chica que conociste en el entierro de tu abuelo? Se llamaba Mariu y creo que le gustas cantidad, porque nos basta con decir tu nombre para que se encienda como las brasas. ¿Sabes cómo te llamamos? El buscador de perlas. ¿Recuerdas la canción de Ariel, cuando hablaba del fondo del mar, y cómo el agua había transformado el cuerpo de su padre en corales y perlas? Pues el otro día hemos elaborado una teoría. Según esa teoría, las personas se pueden dividir en dos grupos. En el primero están todos aquellos para los que sólo cuenta lo que se puede ver y tocar; y en el segundo, los que tienen tratos con ese lado de las cosas que no deja de transformarse a escondidas. Tú, claro, perteneces al segundo grupo. Por eso nos parecías tan guapo, porque era como si siempre que te veíamos acabaras de salir del fondo del mar con noticias de esas transformaciones.

¿Qué tal está Bruma? Me acuerdo mucho de ella y de cuando íbamos al río y a Bruma le daba por correr entre los árboles como preguntándose lo que debía de ser vivir así, como un perro salvaje. Aunque muy salvaje no creo que llegara a ser nunca, porque es un cacho de pan. Toñín, el de los refrescos, piensa que está embrujada. ¿Sabes lo que anda contando? Que cuando él llevaba el carrito de las gaseosas y se cruzaba con Bruma, las botellas dejaban de hacer ruido.

El padre de Silvia nos ha prestado una pequeña bodega y hemos hecho una peña. Nos pasamos las horas allí metidas, escondidas como los ratones, y hasta le hemos puesto un nombre, SÓCRATES HOUSE. *Para las próximas fiestas tenemos pensado hacernos una camiseta. Por detrás pondrá el nombre de la peña y por delante nuestro lema:* DESARMAR Y HACER FOGATAS. *Y aunque nos dicen que es una locura, porque los Canales se nos van a echar encima, nosotras estamos dispuestas a lo que sea. Además, Macho Men, que en el fondo es un buenazo y del que volvemos a ser amigas, se ha ofrecido a defendernos si hace falta.*

No aceptamos chicos en nuestra peña pero si vienes para las próximas fiestas haremos una excepción. Sócrates es el único tío genial que ha pasado por este pueblo. Bueno, Sócrates, y un chico que se llamaba Lázaro, que no sé si llegaste a conocer. Tenía una perra que era la cosa más bonita que ha existido en este mundo y siempre que venía a vernos lo hacía con las manos llenas de perlas. ¿Sabes tú dónde iba a buscarlas si, que nosotras sepamos, no hay cerca ningún mar?

Besazos y abrazotes para ti y para tu madre, que me pareció genial.

Lázaro terminó de leer la carta con un nudo en la garganta. Y sus ojos retrocedieron al párrafo donde Alba hablaba de *Bruma* y de lo que Toñín iba diciendo por el pueblo. Recordó aquella escena. A él subiendo con *Bruma* por la acera y a Toñín detenido en la mitad de la calle, mirándoles con ojos alucinados. Fue en busca del sobre de las fotos y estuvo mirando la fotografía en que su abuelo y el señor Luciano estaban en el bosque con las siete gigantas. Allí al fondo, entre unos troncos, vio la sombra de algo que con el aumento de la lupa era claramente la figura de un perro. «*Bruma*», murmuró dirigiéndose a su encuentro. Estaba acostada en su saco de dormir y levantó la cabeza al sentirle. ¿Se había traído también su abuelo una perra del Valle? Le dieron ganas de preguntárselo, pero *Bruma* se limitó a mirarle como diciéndole: «¡Pero qué cosas se te ocurren!, ¿cómo voy a venir yo de un lugar así?».

—Duerme, duerme —le dijo Lázaro un poco entristecido, y estuvo acariciándola hasta que cerró de nuevo los ojos.

También él se quedó adormilado. Al despertar estaba atardeciendo. Vio en la mesa el cuaderno que le habían regalado sus amigas y se levantó dispuesto a comenzar su diario. Lo abrió por la primera página y, después de pensar un momento, empezó a escribir:

Por qué habré nacido yo. A veces me siento mal y me pregunto por qué existiré. Lo pienso cuando estoy paseando con Bruma o echado en mi cama. No lo pienso siempre, sólo a veces. Creo que es un misterio.

Su madre llegó poco después. Lázaro estaba muy triste y, mientras merendaban en la cocina, se puso a contarle lo que sabía. El encuentro del abuelo con las gigantas, la posibilidad de que su abuela fuera una de ellas, la aventura con el cabo. También le enseñó las fotos y la sombra oscura del perro, que su madre contempló con una mirada complacida y conforme, como si no le extrañara gran cosa lo que le estaba mostrando.

—Tu abuelo era un gran mentiroso —le dijo, pero no lo hizo con una expresión de reproche, sino de orgullosa complacencia.

Lázaro iba a preguntarle que entonces por qué ella hacía aquellas cosas, regalar los cubiertos, subirse a los muebles cuando sentía añoranza, pero prefirió callarse.

Luego, no se podía dormir. En su cabeza se agolpaban todos aquellos pensamientos y le parecía que no podía haber nadie más desgraciado que él. Echaba de menos a su abuelo y los ojos se le iban constantemente a la pared donde había colgado el cuadro de la pipa. «Sólo importa lo que queda en nuestros corazones», le decía ese cuadro. La angustia le hizo levantarse. Fue al dormitorio de su madre, pero no estaba en la cama. Avanzó por el pasillo hasta llegar al comedor. Vio a su madre encima de la mesa. Estaba sentada con los ojos fijos en la ventana, que enmarcaba el disco nacarado de la luna.

—¿Qué haces, mamá? —le preguntó conteniendo a duras penas el deseo de echarse a llorar.

Ella volvió la cabeza y le hizo gestos para que se acercara.

—Anda, ven —le dijo tendiéndole las manos.

Lázaro asintió con una sonrisa sin esperanza. Tomó sus manos y se sentó a su lado en la mesa. Estaban tan cerca que sus alientos se mezclaban como lo habrían hecho los vapores de dos pucheros, uno de agua y otro de leche, que hirvieran en fuegos gemelos.

Entonces su madre, inclinando la cabeza hasta apoyarla en su hombro, le susurró al oído:

—¿A que estamos en la gloria?